온화한 슬픔

온화한 슬픔

엄현주 장편소설

문이당

## 작가의 말

 스토리는 언제나 통계보다 힘이 세고 뛰어난 스토리가 승리한다는 존 메이넌드 케인스의 말을 나는 믿고 싶어 한다, 어쩌면 내가 만들어 내는 스토리가 세상을 아주 조금이나마 바꾸는 힘을 지닐지도 모른다는, 가당찮은 희망을 품어서일까? 그래선지 나는 쓰는 걸 멈출 수 없나 보다.

 학원가로 유명한 대치동 주변의 거리는 평일 오후나 주말에는 거의 주차장을 방불케 할 정도로 차가 많이 몰려든다. 아이들을 학원으로 실어 나르기 바쁜 차들은 연방 경적을 울려가며 여기저기 끼어들어 거리를 완전히 아수라장으로 만들어 놓는다. 하지만 그 사이로 커다란 가방을 메고서 용하게 차들을 피해 걸어가는 아이들이 간혹 눈에 띈다.

그 광경을 자주 보는데도 매번 낯설게 느껴지면서 나는 문득 이방인이 된 기분에 사로잡히곤 했다. 그러다 나는 이 소설을 구상하게 되었다. 주위의 친구들과 다르게 어려운 환경 속에서도 당차게 살아가는 아이의 이미지가 떠올랐다. 그 아이를 통해 다양한 슬픔을 풀어내어 보고 싶었다.

아릿한 슬픔, 쌉싸래한 한약 냄새를 품은 슬픔, 짙은 먹구름 같은 어두운 슬픔, 휘파람 소리의 애조 띤 음색에서 느껴지는 슬픔, 따뜻하고 부드러운 기운이 감도는 슬픔…….

인간의 정서 중에서 가장 맑고 순수한 감정이 슬픔이라고 생각한다. 결국 슬픔에서 피어난 꽃이 사람이 아닐까? 누구나 자기만의 사연이 있고, 그걸 가만히 들여다보면 슬프지 않은 사람이 거의 없다. 하지만 그 슬픔을 질료 삼아 각자 나름대로 자신만의 꽃을 피운다. 어찌 그 꽃들이 모두 아름답지 않을 수 있으랴. 대부분 세상사가 그러하듯, 슬픔과 기쁨 또한 하나라는 걸 깨달으면 고통이나 역경을 견뎌내기가 훨씬 수월하리라.

키가 아주 작지만, 채송화는 햇빛과 바람과 물을 힘껏 받아들여 꽃을 피워 낸다. 이 소설 속의 주인공 송화도 수많은 슬픔과 함께하면서 절망하지 않고 꿋꿋하게 자라 결국 자신만의 꽃을 피울 것이다. 약사 아저씨에 대한 온화하고 슬픈 기억은 송화에게 삶의 원동력이 되어 '온화한 기쁨'으로 남게 되리라 믿는다. 눈부시게 성장할 송화의 앞날을 그려보며 나도 늘 응원한다.

너무 오래 묶어둔 원고라 망설였지만 지금 아니면 영원히 세상 밖으로 나오지 못할지도 모른다는 조바심이 들어 서둘러 출판하게 되었다.

올해도 변함없이 활짝 피어날 채송화를 기대하며…….

2025년, 새봄을 맞이하여
엄 현 주

# 차례

작가의 말

# 어둡고 좁은 집

벨 소리가 울리자 바로 수업이 끝났다. 나는 조금도 지체하지 않고 빛의 속도로 학원 강의실 밖으로 뛰어나갔다. 후텁지근한 공기에 온몸이 금방 끈적이면서 머릿속까지 지끈거렸다. 나는 머리를 한 번 세게 흔들고는 달리기 시작했다. 줄지어 서 있는 학원 건물들에서부터 쏟아져 나오는 아이들과 그 앞에 주차한 차들로 거리는 북새통을 이루었다. 이곳을 뚫고 달리는 것은 방금 배웠던 '미적분 방정식'을 푸는 것만큼이나 내게 어려웠다. 나는 달리던 걸음을 멈추고 학원 강의실처럼 여전히 냉방이 잘 되어 있을, 승용차에 올라타는 아이들과 그 아이들을 손짓하며 불러대는 아줌마들의 얼굴을 물끄러미 바라보았다. 그러자 엄마의 얼굴이 아른거렸다. 지금쯤 우리 엄마는 학원 앞으로 나를 데리러 오는 대신 가게 문 닫을 준비를 하고 있을 것이다.

"채송화!"

돌아보니 검은색 벤츠의 차창 밖으로 은색 야광 헤어밴드가 먼저 눈에 들어왔다. 저 헤어밴드는 며칠 전 학교 앞 가게에서 서경에게 내가 골라준 것이다.

"타, 얼릉!"

"괜찮아. 바로 저긴데 뭘."

나는 고개를 흔들고는 재빨리 차 옆을 스쳐 지나갔다. 유월의 후덥지근한 밤공기가 온몸에 달라붙으며 내 발걸음을 자꾸 잡아챘지만 나는 멈추지 않았다. '프레쉬샌드위치' 라고 샘물체로 흘려 쓴 글씨 위로 네온사인이 반짝이는 것을 바라보며 나는 계속 걸어갔다.

"이제 오니?"

엄마는 과일 그림이 프린트된 녹색 앞치마를 흔들며 문 쪽으로 걸어 나왔다. 엄마를 발견하는 순간, 몇 시간 동안 참았던 말들을 나는 단숨에 뱉어냈다.

"나 아직 중학생이잖아? 3학년도 아니고 2학년. 미적분이라니. 뭔 소린지 하나도 못 알아들었다고. 열라 짜증 나. 아, 배고파."

잔뜩 독이 오른 내 목소리가 스스로 듣기에도 거북했다. 나는 가방을 의자 위에 던지듯 놓아두고는 털썩 주저앉았다. 엄마는 내 말을 끝까지 듣지 않고 주방으로 가더니, 치킨 랩 샌드위치와 토마토 주스를 담은 접시를 금방 들고나와서 탁자 위에 내려놓았다.

"그러니까 몇 번씩 듣는 거래잖아. 처음엔 그래도 다음번에 들을 땐 훨씬 쉬울 거야. 특목고 가려면……."

샌드위치를 한 입 베어 물다 나는 고개를 흔들었다. 아, 지겨워. 엄마의 다음 말은 뻔했다. 특목고에 무슨 일이 있어도 들어가 줘야 한다. 한의대를 가려면 상위 0.1 퍼센트 안에 들어가도 안심 못 한다더라. 나는 주스를 벌컥벌컥 마시면서 엄마의 말에 귀를 막았다. 엄마는 한숨을 쉬는 것을 끝으로 내 앞에서 물러났다. 그제야 나는 가게 안을 둘러보았다.

문 닫을 시간이 다 되어서일까? 손님들이 빠져나가고 없는 실내는 어수선하면서도 한산하게 느껴졌다. 게다가 에어컨이 가동되는 소리까지 갑자기 크게 들려오자 쓸쓸함이 밀물처럼 온몸으로 밀려왔다. 엄마는 무얼 하는 걸까? 주방 쪽으로 고개를 돌리다가 한쪽 구석에서 신문을 들고 앉아 있는 약사 아저씨를 나는 뒤늦게 발견했다. 아저씨는 오늘도 역시 닭고기 가슴살로 만든 클럽 샌드위치와 오렌지 주스로 늦은 저녁을 때우는 모양이었다. 식사 시간을 놓쳐가면서 약을 팔아야 하는 아저씨나 허기를 참아가며 알아듣기조차도 힘든 수업을 받아야 하는 나나 힘들기는 마찬가지가 아닐까? 그는 시선을 느꼈는지 신문을 탁자 위에 놓고는 내 쪽으로 고개를 돌리며 웃어 보였다. 순간 입가의 팔자 주

름이 선명하게 드러났다. 그러자 약간씩 벗겨지고 있는 앞이마와
함께 그가 더욱 늙고 외로워 보였다.

"이제 학원 갔다 왔냐? 힘들겠구나."

"새벽 한두 시까지 다니는 애들도 얼마나 많은데요."

밤늦게까지 학원 다니기 힘들다고 투덜거리다가도 누군가 위
로의 말을 건네올 때면 나는 괜히 겸연쩍어하면서 이렇게 말하곤
했다.

"교육정책부터 싹 바꿔야 한다니깐. 하나같이 애들 잡고 부모
허리 휘게 하는 것들이니, 원. 버는 족족 모조리 자식들 밑에 바
쳐야 하니 어떻게 사누? 그러니 너도나도 조기 유학을 가지. 망
할 놈의……."

아저씨는 얼굴을 붉혀가며 본격적으로 이 나라의 교육 현실을
원망함으로써 자신의 외로움과 고단함을 달래려고 들었다. 아저
씨의 처지가 되고 보면 당연한 반응일지도 몰랐다. 하지만 이쯤
에서 나는 일어서야 했다. 아니면, 엄마는 가게 문 닫을 시간을
놓쳐야 하고 나는 하품을 참아가며 계속 맞장구를 쳐줘야 하기
때문이었다.

"저어, 숙제가 많아서요."

나는 가방을 냉큼 집어 들고는 쪽문 앞으로 다가갔다. 가게와
살림집을 분리하는 쪽문을 볼 때면 나는 자신도 모르게 몇 번이
나 침을 꼴깍 삼키곤 한다. 허리를 굽혀야만 안으로 들어갈 수 있

는 쪽문. 그것은 우리 모녀가 세상을 향해 힘들게 허리를 굽혀야
만 살아갈 수 있다는 걸 늘 내게 일깨워 준다. 하지만 나를 더욱
건디기 힘들게 하는 건 쪽문 저쪽의 어둠이다. 문을 열기 위해서
는 얼마간의 용기가 항상 필요하다.

문을 밀고 안으로 발을 들여놓는 순간 역시 어둠이 나를 덮쳤
다. 이 어둠은 거처를 옮긴 지 벌써 한 달이 넘었는데도 내게 여
전히 악의를 품고 있다. 나는 이를 악물고 빠르게 스위치를 올렸
다. 불빛 아래, 열 평도 채 안 되는 실내가 한눈에 모습을 드러냈
다. 앞 건물에 가려 불빛 없이는 제 모습을 당당하게 드러내지 못
하는 가재도구들을 나는 찬찬히 훑어보면서 중얼거렸다. "불을
미리 켜놓으라고 몇 번이나 말했건만, 엄마도 참." 하지만 바쁜
엄마가 그러기 힘들다는 것을 나는 이미 받아들이고 있다. 괜히
부려본 투정이라고 스스로 인정하는 순간 나는 이유를 알 수 없
는 막막한 슬픔에 빠져든다.

나는 옷을 갈아입고 컴퓨터 앞에 앉았다. 지금부터 딱 삼십 분
만 게임을 하는 거다. 마우스를 잡은 내 손끝은 거침없이 '틀린
그림 찾기' 사이트를 찾아 클릭한다. 둥근 해가 비치고 머리를 땋
아 내린 소녀가 물뿌리개로 화단의 꽃들에 물을 주고 있는 그림
이 양쪽으로 뜬다. 얼른 봐서는 두 그림이 똑같아 보이지만 서로
다른 곳이 다섯 군데나 있다. 그걸 10초 이내 찾아내야 한다. 눈
도 깜빡이지 않고 나는 양쪽 그림을 노려본다. 물뿌리개의 손잡

이, 해바라기 꽃잎, 소녀의 짝짝이 눈 위에 차례대로 얼른 클릭했지만, 나머지 두 군데는 아무리 봐도 잡히지 않는다. 서경은 그림이 딱 뜨는 순간 손이 먼저 알아서 틀린 곳을 찾아 클릭한다지만 나는 아무리 연습해도 그 경지까지 도달할 수가 없다. 벌써 10초가 지나가 버렸다. 새로운 그림이 떴다. 이번에는 피사의 사탑과 그 앞에 세 명의 관광객이 서 있다. 나는 두 눈을 부릅뜨고 클릭 해나가기 시작한다. 하늘의 구름, 여자의 가방과 신발, 남자의 벨트와 남방셔츠의 단추, 탑의 꼭대기. 불과 8초 만에 다 찾아냈다. 연속적으로 그림이 자꾸 올라왔다. 나는 쉬지 않고 클릭한다. 두 눈이 따가워 더 이상 화면을 들여다볼 수가 없을 지경이다. 마우스를 쥔 손에 잠시 힘을 뺐다. 그때 채팅창에 글이 올라왔다.

  ─대단한 실력입니다.

  뭐, 이 정도야……. 나는 피식 웃으면서 허리를 펴다가 닉네임이 '기러기'임을 발견했다. 그새 약사 아저씨가 들어온 건가? 얼마 전, 약국에 갔다가 하는 방법을 가르쳐줬더니 그는 이 게임을 즐겨 한다. 기러기라는 닉네임을 쓴다는 걸 내가 모를 리 없건만, 그런 줄을 그는 전혀 눈치채지 못한 듯했다. 그러니 나도 시치미를 떼고는 '귀여운 악마'라는 닉네임으로 이 소리 저 소리를 늘어놓는다. 그도 나 못지않게 수다를 떤다.

  "송화야, 또 게임이니?"

짜증과 피곤함이 담긴 엄마의 목소리에 질세라 나도 잔뜩 날을 세워 대답했다.

"이건 괜찮다고 했잖아? 집중력과 주의력을 높이는 거라면서?"

"그건 초등학교 때 얘기고. 이제 그럴 시간이 어딨어? 얼마 안 있으면 기말고사 봐야 할 텐데."

"숨 쉴 틈도 안 준다니깐. 답답해서 미칠 것 같아."

이렇게 중얼거리며 나는 창문을 활짝 열어젖혔다. 습기를 품은 눅눅한 바람이 얼굴에 와 닿았다. 이제 얼마 안 있으면 장마가 시작되겠지. 나는 손바닥으로 얼굴을 박박 문지르고 컴퓨터 앞에서 물러났다. 하지만 이제 곧 신나는 여름방학이 시작될 거라고, 잔뜩 기대에 부푼 아저씨의 글이 눈앞에서 자꾸만 아른거렸다.

며칠 후면 캐나다에서 돌아올 그의 가족들, 11학년의 아들과 피아노를 전공한다는 8학년의 딸과 그 뒷바라지를 하는 아내. 그들은 조제실 벽의 사진틀 속에서 그와 함께하고 있다. 얼마 전에 조제실 안을 살짝 엿보고서 나는 알아차렸다. 그가 처방전을 들여다보다가, 약을 꺼내다가, 약봉투를 봉하다가, 사진 속의 가족들을 만난다는 것을. 하기야 그렇지 않고서는 열 평 남짓한 약국 안에서의 생활을 어찌 혼자 견뎌낼 수 있으랴? 가족들에게 돈을 한 푼이라도 더 많이 보내기 위해, 본래의 거처인 아파트에서 나왔다는 걸 알고서 나는 더 이상 그를 미워하지 않기로 했다.

그는 내게서 햇빛이 들어오는 집을 빼앗은 장본인이다. 햇빛
이 눈부시게 환한 창가에 놓인 제라늄 화분들, 흰 레이스 커튼,
창을 향해 놓인 소파……. 그것들을 미치도록 그리워하게 만든
사람이 바로 그였다. 이 건물의 주인인 그가 엄마에게 가게 월세
를 한꺼번에 몇십만 원이나 더 올리는 바람에 우리는 살던 아파
트를 세놓고 나와야만 했다. 은행 대출을 받아 이 건물을 샀는데
원금을 빨리 갚아야 할 뿐만 아니라 여기 시세로도 그 정도는 올
려 받아야 한다고 그가 변명처럼 이야기했다지만 내겐 소용없었
다. 그에 대한 미움과 원망을 나는 어떤 식으로든 표출해야만 했
다. 그래서 그의 벗겨지기 시작하는 이마를, 앞으로 나온 배를,
뒤뚱거리는 걸음걸이를 보며 나는 눈을 흘기고 입을 비죽거리며
그를 마음껏 비웃었다. 하지만 이제는 그가 안쓰러워지면서 약
간 귀엽기까지 했다. 사십 대 중반의 남자가 오동통한 손가락을
하나 둘 꼽으며 가족들이 돌아올 날을 기다리는 모습을 상상해
보면, 아릿한 슬픔과 함께 입가에 미소가 슬며시 떠올랐다. 어쨌
든 가족들을 상봉할 기대에 들뜬 그를 보는 것은 내게도 기쁜 일
이 아닐 수 없다. 머잖아 그는 우리 가게에서 샌드위치로 저녁을
때우는 일은 당분간이라도 안 하게 될 것이다. 얼마나 다행스러
운 일인가. 그리고 '틀린 그림 찾기' 사이트에서 그를 만나는 일도
앞으로 얼마 동안은 없을 것이다.

좀 전에 학원에서 배웠던 미적분 방정식을 한참 들여다보아도 이해가 안 되긴 마찬가지였다. 다른 애들은 이럴 때 과외 선생이라도 붙여서 공부하겠지만 내게는 어림도 없는 일이다. 그러려면 엄마는 지금보다 샌드위치를 한 달 동안 아마 수백 개는 더 많이 팔아야 할 것이다. 가여운 엄마. 엄마는 부모의 경제력과 자녀의 성적이 불가분의 관계에 있다는 걸 좀처럼 인정하려 들지 않는다. 그래서 나를 한의대에 보내겠다는 야심만만한 꿈을 아직 버리지 못한 모양이다. 외가의 가업이기도 하고, 전문직으로서도 여자에게 한의사만큼 적당한 직종이 없다면서 엄마는 나더러 한의사가 되라는 말을 귀에 못이 박힐 만큼 자주 한다. 하지만 한의대에 들어가기가 얼마나 어려운가, 하는 문제에 대해서는 모른 체 한다. 나를 한의사로 만들기 위해 투자해야 할 사교육비의 액수나 학원의 유명 강사나 입시에 유용한 정보 따위는 알고 싶어 하지 않는다. 그러면서도 무조건 상위 0.1퍼센트라고 내게 겁을 주며 학원 몇 군데를 보내줄 뿐이다. 나 스스로 알아서 특목고에 들어가고, 또한 한의대도 들어가리라고 엄마는 믿는 듯했다. 아니, 그렇게 믿고 싶어 하는 듯했다. 그 때문에 내가 받아야 할 스트레스 또한 만만치 않다.

졸음이 몰려온다. 엄마는 재빨리 냉커피를 준비하고 있다. 딸그락거리며 얼음이 컵에 부딪히는 소리가 무거운 공기를 헤치고 경쾌하게 울린다. 나는 기지개를 켜고서 얼음 하나를 깨물어 본다. 아작아작 깨어지는 소리와 함께 차가운 기운이 입안을 얼얼하게 한다. 차츰 머릿속이 맑아진다. 연습장 위에서 사각거리는 샤프 연필 소리와 깊은 잠을 못 이루는 엄마가 몸을 뒤척이는 소리가 묘한 조화를 이루면서 밤이 점차 깊어져 간다.

# 미혼모의 딸

종례 시간에 담임 선생님은 우리에게 프린트된 종이를 한 장씩 나눠주면서 말했다.

"이건 부모님 사인받아서 낼까지 내고, 청소 당번들은 청소 잘하고 가. 저번처럼 **빼**먹고 도망갔다간 봐라, 생활기록부에 다 기록해 놓을 거니까."

선생님은 단숨에 쏟아내듯 급하게 말하면서도 우리에게 가장 강력한 위력을 행사하는, 생활기록부를 들먹이는 건 잊지 않았다. 데이트 약속이 있는 걸까? 짧은 플레어스커트를 팔락거리며 선생님은 재빠르게 교실을 나갔다.

나는 좀 전에 받은 '여름 수련회 안내문'을 들여다보았다. 설악산, 3박 4일, 출발 날짜······. 이런 것들에 나는 관심이 없다. 보호자 성명을 쓰는 난에 슬며시 눈이 가면서 어김없이 내 가슴이 흔들렸기 때문이다. 나는 누가 알아볼세라 채미나를 흘려 쓸 것이고, 그것이 다른 사람들의 눈에 띄게 될까 전전긍긍해야 할 것이다. 하필이면 엄마는 왜 성이 채일까? 김, 이, 박 같은 흔한 성씨면 좀 나을 텐데. 게다가 미나는 또 뭔가. 누가 듣더라도 여자인 줄 뻔히 알게 되는 이름이지 않은가 말이다. 하기야 엄마의 이름을 지은 할아버지가 새로 태어난 딸이 이십 년 후쯤에 사생아를 낳게 될 줄 짐작도 못 했을 터이니 어쩔 수 없는 일이긴 하다. 그런 줄 알면서도 보호자의 이름과 관계를 쓸 때마다 엄마의 이름을 떠올리며 나는 곤욕스러움에 빠져들곤 한다.

안내문을 아무렇게나 접어 가방에 집어넣고 교실 밖으로 나왔다. 운동장에는 아이들이 소리 지르며 뛰어다니는 탓에 모래와 먼지가 뒤범벅되어 날아다녔다. 갑자기 눈앞이 뿌예지면서 재채기가 쏟아져 나왔다.

"떡볶이 어때? 콜?"

서경은 교문 앞에서 내 손을 잡아끌었다. 목 안이 칼칼한데 떡볶이라니. 나는 고개를 흔들었다.

"내가 쏜다. 어제 새로 개척한 집인데 끝내줘. 튀김만두와 김말이까지, 완전 환상이야. 가자, 응?"

서경은 몸을 비비 꼬면서 애교를 부렸다.

"오키. 근데 너, 다이어트한다고 했잖아? 괜찮아?"

"여름방학 때부터."

나는 입을 비죽 내밀었다. 내가 알기로만 해도 벌써 아홉 번째다.

"흥, 못 믿겠다? 여름방학만 지나 봐라. 내가 에스 라인을 뽐내며……."

헛된 꿈이라는 걸 일깨워 주듯 서경의 휴대폰이 흔들렸다. 알았어, 알았다고. 서경 엄마는 과외 선생님이 기다리고 있는데 왜 빨리 안 오냐고 성화를 부려대는 모양이다. 아무래도 떡볶이가 목에 걸릴 것 같다.

"얘, 그냥 집으로 가는 게 어때? 좀 있으면 너 땜에 내 휴대폰이 울리게 될걸?"

"그러게, 정말 내가 못 살아. 내일 가자. 잘 가."

별수 없이 서경은 걸음을 빨리하며 걸어갔다. 그러자 엉덩이와 종아리의 살이 눈에 띄게 흔들렸다. 나는 서경의 뒷모습에 잠시 눈을 주고서는 다이어트가 필수라고 중얼거리다가 집으로 향했다.

아저씨가 약국 앞에서 담배를 피우고 있었다. 약국 안에 금연이라고 써 붙여놓고는 밖에 나와서 담배를 피우다니, 참.

"인제 오냐? 덥지?"

며칠 전만 해도 한껏 들떠 있더니 오늘은 왠지 기가 다 빠져 보였다.

"금연이라면서요? 담배는 몸에 해로워요."

"오냐. 우리 송화가 나를 제일 생각해 주는구나. 잠깐만 들어오너라."

냉장고에서 드링크제를 꺼내는 그의 뒷모습이 후줄근해 보였다. 그가 내미는 병을 받아 들자, 찬 기운으로 손바닥이 얼얼했다. 인사로라도 나는 그의 가족에 관해 물어줘야겠다는 생각이 들었다.

"다들 언제 와요? 캐나다는 방학했죠?"

"글쎄다. 방학은 했지만, 뭔 일들이 아직 남은 모양이야."

무슨 일들이 남았기에 애타게 기다리는 그를 두고 아직 그들의 가족은 돌아오지 않는 걸까? 차가운 액체가 칼칼한 목 안을 적셔 주었다. 내가 병을 다 비우기도 전에 출입문 열리는 소리가 났다. 남방셔츠의 단추를 가슴 중간까지 열어젖힌 남자가 아무 말 없이 그에게 불쑥 처방전을 내밀었다. 그는 처방전을 들여다보며 조제실로 들어갔다.

"아저씨, 저 가요. 잘 마셨어요."

나는 그의 대답을 기다리지 않고 약국을 나와 우리 가게로 갔다. 바쁜 시간이 지나선지 가게가 한가했다. 할머니는 일부러 그런 시간을 틈타서 온 모양이었다. 붉은 와인 색깔의 머리카락이 창으로 들어오는 햇살을 받아 더욱 고혹적으로 빛났다. 환갑도 지났으면서, 참. 붉은 머리를 저렇게 요란하게 흔드는 것으로 봐서 할머니는 틀림없이 며느리 흉을 보고 있을 것이다. 그렇다면

오늘 퇴근 시간쯤 돼서 삼촌이 여기 나타나리라. 와우, 용돈 걱정
은 안 해도 되겠네. 벙긋 벌어지려는 입을 잠시 꼭 다물었다가 나
는 큰 소리로 인사했다.

"할머니, 오셨어요?"

웬 방해물, 하는 눈빛으로 내 쪽을 돌아보다가 불쑥 내뱉듯 말
했다.

"쟤는 왜 저렇게 키가 안 크누? 요즘 애들은 키 하나는 쑥쑥 다
잘 자란다더니만."

내가 못마땅하다는 것을 꼭 이런 식으로라도 표현해야 직성이
풀리는 모양이었다. 이제 나도 가만히 있을 수 없다.

"근데 할머니, 이번 염색은 실패하셨나 봐요? 왜 그렇게 머리
가 뻘개요? 포도주 뒤집어쓰신 줄 알았어요. 갈색 같은 걸루 하
면 자연스럽고 우아해 보일 텐데."

할머니의 넓은 얼굴에 멀찌감치 떨어져 있어 보이던 눈코입이
한가운데로 바싹 몰려들면서 찌그러졌다. 그 순간 그것들을 도로
떼 놓기라도 할 듯, 엄마의 음성이 뚝뚝 끊어져 울렸다.

"이럴 줄 알았으면…… 아버지 살아계실 때 미리 키 크는 약
이라도 먹여둘걸. 그래도 우리 송화라면…… 아버지는 얼마나
끔찍이 예뻐하셨는데……. 그깟 약 몇 첩인들 손수 못 지어 주
셨겠수?"

할아버지는 내게 한약 냄새로 늘 기억되고 있다. 재작년 가을

에 세상을 떠났을 때도 집 안 곳곳에서 퀴퀴한 죽음의 냄새 대신 알싸하고 쌉싸래한 한약 냄새가 슬픔을 품고 은은하게 흘러나왔다. 이제 할아버지가 운영하던 한의원에서도 그 냄새를 맡기가 힘들어졌다. 그곳에 세 들어 있는 젊은 여자 한의사에게서는 한약 냄새가 전혀 나지 않는다. 얼마 전 거기 갔을 때, 침을 놓는 그녀에게서 풍기는 달콤하고 약간 비릿한 냄새에 나는 당황해 삔 다리의 통증조차 제대로 느낄 수 없었다.

"내 이름이 채송화라서 그래. 만약 해바라기였다면 키가 엄청 많이 자랐을 텐데."

나는 한껏 톤을 높여 밝은 음성으로 말했다.

"뭐라고 그러냐? 메친 것. 그래도 에미가 지 새끼라고 꽃 이름을 붙여준 줄 모르고. 채송화라니, 가당키나 한 이름이냐? 성질대로 했으면 넌 아마 이름도 없었을 게다."

할머니는 내게 눈을 흘기며 입을 실룩거렸다. 엄마의 인생을 망친 장본인이 바로 나란 듯이, 금방이라도 나를 잡아먹을 듯한 태세다. '흥, 어디 한 번 해보시지. 내가 가만히 있을 줄 알고?' 나는 잔뜩 벼르고서 할머니를 노려보았다.

"엄만 참, 애한테 무슨 말씀을 그렇게 하세요?"

목이 잠긴 듯한 엄마의 음성에 나와 할머니는 서로 얼른 고개를 돌렸다.

"송화야, 안으로 들어가서 씻고 잠시 쉬렴. 주스라도 한 잔 마시련?"

"내가 챙겨 먹을게."

할머니의 시선에서 벗어나기 위해 나는 자리에서 일어났다. 이제 밉살스러운 손녀 따위는 안중에도 없는 듯 할머니는 좀 전에 하던 이야기를 계속 늘어놓기 시작했다.

"아, 지가 선생이믄 학교서나 선생이지. 이건 집에 와서도 나나 준이한테 사사건건 가르치려고 드니, 원. 시건방진 것. 느이 아버지 가고 나니 이제 무서운 게 없는 모양이여. 성질이 고 모양이니 남들 척척 잘 들어서는 애도 안 들어서지. 내가 좀 뭣한 시어미 같았으믄 버얼써 내쫓았다. 글쎄, 이게······."

"요즘 시어머니 내쫓는 며느리는 있어도 며느리 내쫓는 시어머니는 없네요. 될수록 예쁘게 봐주려고 해보세요. 입바른 소리 잘하고 워낙 솔직한 성격이라 그렇지. 요즘 애들 다 그렇죠, 뭐. 결국 준이만 힘들어져요. 한집에 살려면 어쩌겠어요? 서로서로 참는 수밖에."

엄마는 지겹지도 않은 모양이다. 할머니의 불평에 항상 똑같은 투의 말로 위로하는 걸 보면. 눈이 동그랗고 입술이 도톰하고 깔깔거리며 잘 웃는 숙모는 나랑 꽤 말이 잘 통하는 편이다. 그런데 그 숙모가 할머니에게는 시건방지고 몹쓸 며느리라니. 하기야 우리 할머니의 입에 오르면 괜찮은 사람이 거의 없는 편이니 별로 놀랄 만한 일은 못 된다.

다 마신 주스 잔을 개수대에 담아 두고 나는 쪽문 앞으로 다가 갔다. 때마침 손님들이 몰려 들어왔다. 할머니는 자리에서 일어나 돌아갈 채비를 했다. 바쁜 우리 엄마를 좀 도와주고 가면 좋으련만. 철없는 우리 할머니, 내가 져주는 수밖에. 엄마도 항상 말해오지 않았던가.

"한 번도 고생이라고는 하신 적이 없단다. 부잣집 외동딸로 곱게 자라서 한의사인 네 할아버지를 만났으니……. 게다가 할아버지는 워낙 애처가이시고 성품도 유순하셨어. 항상 내 복이야, 하고 배를 내밀고 다니셨지. 나만 아니었으면, 뭣 하나 꿀리는 것 없이……."

이 대목에 가서 늘 엄마는 한숨을 쉬고는 말을 잇지 못했다. 일류 대학에 들어갔다고 동네방네 자랑하고 다니던 딸이 일 년도 채 못 돼 학교를 그만두고 애를 낳은 데다, 아비가 누군지 절대로 밝히지 않으니, 할머니로서도 정말 기가 찰 노릇이었을 게다. '좀만 더 내가 일찍 눈치를 챘었어도…….' 뱃속의 것을 빨리 손써서 없애지 못한 게 할머니의 일생일대에서 가장 큰 실수였노라고 공공연히 떠들었던 걸 나는 기억한다. 겨우 말귀를 알아들을 만한 나이였지만 그 '뱃속의 것'이 바로 나를 두고 하는 말인 줄 알아차렸었다. 점차 자라면서 나는 의문을 가졌다. 우리 엄마는 왜 할머니가 원했던 것처럼 낙태하지 않았을까? 그렇다고 대놓고 바로 물어볼 수도 없었다.

28

"엄마, 나를 낳았을 때 속상하지 않았어? 내가 예뻤어?"

"속상하긴? 얼마나 예뻤다고. 네 눈 속에 까아만 꽃씨들이 가득 박혀 있는 것 같더라."

나는 이런 대답을 들으려고 물었던 게 아니었다. 사실 궁금하면서도 내가 가장 먼저 묻고 싶은 질문은 우리 아빠가 누구인가 하는 것이었다. 내 주위의 사람들은 대답해 주기는커녕 힌트조차 주지 않는다. 어쩌면 엄마를 빼놓고 아는 사람이 없는지도 몰랐다. 그렇다고 엄마에게 대놓고 물어볼 용기는 나지 않는다. 그 질문을 하는 순간, 내 눈앞에서 엄마의 몸이 비누 거품처럼 꺼져버리거나 먼지처럼 폴싹 날아가 버릴 것 같아서다.

어쨌든 할머니로서는 요즘 들어 최악의 시기를 겪는 듯했다. 하늘처럼 떠받쳐 주던 남편을 잃고, 시건방진 며느리와 한집에 살면서 속이 썩을 대로 썩고, 기다리는 손주 볼 기미는 여전히 없어 보이고……. 그러니 시뻘건 색으로 머리라도 물들이고 싶어졌을 것이다, 기분 전환해 볼 요량으로. 거기다 대고 내가 뭐라고 했으니 얼마나 얄미웠을까? 내가 참아야지. 그래, 오늘 일은 내가 참는다, 참아. 까짓것, 한바탕 찬물이라도 뒤집어쓰고 나면 한결 기분이 나아지겠지.

교복을 벗어 던지고 샤워부터 했다. 쏟아지는 찬물 줄기를 오래오래 쐬고 있다가 시간이 너무 많이 지나버린 것을 알았다. 논술 학원에 갈 시간이 다 돼 가는데 아직 숙제도 끝내놓지 못했다.

다시 기분이 상해지기 시작했다.

"아, 개짜증! 다 할머니 탓이야."

아무리 오랫동안 찬물을 뒤집어쓰고 났지만 내 기분은 조금도 좋아지지 않았다. 나는 책상 앞에 앉아 '환경 파괴와 개발'이란 흔해 빠진 제목 밑에 창의력이라고는 눈곱만치도 찾을 수 없는 소리를 늘어놓다가 결국 빤한 결론을 짓고 끝내버렸다. 아, 이건 아닌데……. 하지만 다시 쓸 마음도 시간도 없었다. 미적거리다가 학원에 늦게 가면 집으로 전화가 걸려 올 거다. 나는 급하게 학원으로 뛰어가기 시작했다. 좀 전에 샤워했던 게 아무런 소용이 없어졌다. 내 몸은 금방 땀으로 끈적거렸다. 강의실의 시원한 에어컨 바람을 기대하며 나는 계속 달려갔다. 휴대폰에서 문자 메시지가 딩동 소리를 내며 자꾸만 들어왔다. 안 봐도 다 빤한 것들이다. 손을 가만히 둘 수 없는 애들이 학원 선생님의 눈을 피해 보내는 문자들이다. 어쩌면 나도 논술 수업을 받다가 지겨워지면 애들에게 간간이 문자를 날리게 되는지 모른다.

"동북아의 평화와 경제 협력의 필요성에 대해서는 이미 백 년 전에 제기된 바 있다. 바로 이 중심에 있었던 사람이 안중근 의사다."

선생님은 습관적으로 두 손바닥을 비비며 말했다. 또 무얼 쓰게 하려고 저런 소리를 늘어놓는 걸까? 안중근에 대해 내가 아는 지식이라고는 만주 하얼빈에서 이토 히로부미를 사살했다는 정도다. 고작 그걸 가지고 1000자 이상의 글을 어떻게 써야 한단 말인가? 내 걱정 따위는 전혀 알 바 아니라는 듯, 선생님은 계속 이야기했다.

"우리는 안중근을 민족 운동가로만 볼 게 아니라 동아시아의 미래에 대한 비전을 제시한 사상가로 재조명할 필요가 있다고 본다. 당시 동아시아 국제 정치에서 이토 히로부미가 차지하는 비중이 매우 높았기 때문에……."

―아~ 졸려, 킥킥^^. 초난감, 논술 안습이당ㅜㅜ…….

문자 메시지를 몇 개 보내고 나니, 그새 아이들은 엎드려서 쓰고 있었다. 도대체 무얼 쓰라고 한 것인지조차 알 수 없었다. 자신이 한심해졌다. 이러려고 학원 온 게 아닌데……. 아무래도 오늘은 컨디션이 영 말이 아니다. 아이들이 원고지를 써 내려가는 소리가 내 가슴을 긁어댔다. 에어컨의 찬 기운이 거슬리면서 갑자기 온몸이 오싹해졌다. 공부만이 살길이라는 걸 이제 나도 알고 있건만 어쩌려고, 참. 나태해지는 나 자신을 추스르기 위해 자세부터 고쳐 앉았다. 그걸 비웃기라도 하듯, 주머니 속에서 휴대폰이 부르르 떨어댔다. 내가 보낸 문자 메시지에 대한 응답들이리라. 나는 주머니를 더듬거려 전원을 꺼버렸다.

학원을 끝내고 집으로 돌아오는 길 내내 나는 자책했다. 시간 낭비하고, 학원비를 헛되게 하고……. 얼마나 어리석은 짓인가? 그런 줄도 모르고 우리 엄마는 샌드위치를 하나라도 더 팔아서 내 학원비 대려고 안간힘을 쓰는데…… 나는 정말 나쁜 딸이다. 돌아온 탕아를 맞는 예수처럼 나를 반길 엄마를 눈앞에 잠시 그려보다가 나는 가게 문을 밀었다.

삼촌은 창가에 자리를 잡고 앉아 있었다. 새로 바꾼 자주색 뿔테 안경이 그에게 아주 잘 어울렸다.

"와우, 안경이 멋져요. 삼촌, 오 년은 더 젊어 보이세요."

내 인사말에 삼촌은 지갑부터 꺼내 들었다. 빳빳한 만 원권 지폐 세 장이 기분 좋게 팔락거리며 내 손에 쥐어졌다.

"정치적 발언이 아니라 사실이에요. 그러고 보니 삼촌 얼굴이 역시 동안이긴 해요."

"꼬맹이 너, 많이 늘었다. 그래, 또 학원 갔다가 오는 거냐? 고생이다. 그래도 공부할 때가 제일 좋은 줄 알아라."

공부할 때가 제일 좋은 줄 알라고? 나는 이의를 제기하려다가 그의 얼굴을 반쯤 덮은 그늘을 보고서는 입을 열지 못했다. 그는 커피를 훌쩍거리며 걸려 온 전화를 받았다.

"응, 야근은 아니고 누나네. 퇴근했어? 먼저 저녁 먹으라고. 그래."

"올케야? 커피 더 할래?"

엄마는 참치 샌드위치와 서브마린 샌드위치를 담은 접시를 탁자 위에 내려놓았다.

"아냐, 됐어. 밤잠 설치게 될까 봐."

"요즘 회사 일이 어려워? 얼굴이 좀 까칠해 보인다."

엄마의 말이 끝나자마자 삼촌은 손바닥으로 얼굴을 박박 문질렀다. 재빨리 내가 자리를 피해줘야 하는 모양이다. 하지만 나는 삼촌의 입에서 나올 말들이 궁금했다.

"엄마, 내가 카운터 볼까?"

"응, 그래."

사실 손님은 두 테이블밖에 없었다. 한쪽 벽에 꽂아둔 잡지를 한 권 뽑아들고 나는 카운터 앞으로 갔다. 그들이 나누는 대화가 귀에 쏙쏙 다 들어왔다.

"혹시 엄마 다녀가지 않았어? 그럴 줄 알았네. 하여튼 엄마 땜에 못 살아. 안 그래도 요즘 승진 문제 때문에 골머리가 아파 죽겠는데……. 한바탕 크게 했지. 그 바람에 내 안경도 날아가고……."

그랬구나! 그것도 모르고 괜히 안경 이야기를 꺼내 용돈까지 받아 챙겼으니, 참. 삼촌에게 미안해져 나는 고개를 숙여 잡지에 몰두하는 척했다.

"아직 예순둘이면 혼자 살기에 충분하잖아. 그렇게 맘에 안 들면 따로 사시든지. 살림을 도맡아 하시는 것도 아니면서 끊임없이 잔소리만 해대니 집사람인들 뭐가 듣기 좋겠어? 밖에서 일하다가 들어온 사람한테. 아버지 계실 때는 엄마 잔소리가 그런대로 묻혔는데, 이젠 그게 안 돼. 아버지 안 계시니까 훨씬 더해."

"어떻게 따로 살림을 나니? 엄만 혼자서 못 사셔. 그렇다고 여기 오라면 오시겠니? 어쩔 수 없다, 생각하고 서로 맞춰야지. 손주라도 보시게 되면 좀 나을 텐데, 그것도 맘대로 되는 게 아니고. 네가 가운데서 참으로 힘들겠다. 아무래도 젊은 올케가 좀 더 참아야지. 어떡하니?"

엄마는 또 만날 하는 빤한 소리를 삼촌에게 했다.

"그래서 하는 말인데, 이 기회에 한의원과 집을 팔면 어떨까? 요즘 거기가 신시가지 개발 때문에 엄청 올랐대. 누나하고 내가 유산 분배를 해서……. 누나가 좀 더 큰 아파트를 하나 장만해 가고 엄마랑……."

삼촌은 지금 무슨 말을 하는가? 잡지에 머리를 박고 있는 척하다가 나도 모르게 번쩍 들어 그쪽을 바라보았다. 아니나 다를까, 엄마는 즉각 부정적인 반응을 보였다.

"얘가, 얘가……. 무슨 소릴? 아버지 평생 자취가 묻은 곳이야. 그 한의원은 우리 송화한테 물려주시기로 했어. 나도 나이 들면 그 한의원에서 송화 도우면서 살 거야. 그게 내 꿈이야. 아버지 도와서 그 한의원에서 일하던 때가 그나마 제일 좋은 시절이었나 봐. 준아, 그건 무슨 일이 있어도 안 된다. 너도……."

바로 재작년, 할아버지가 돌아가시기 전까지만 해도 한의원에서 엄마는 일했었다. 엄마가 샌드위치를 파는 것보다 그쪽이 내게도 훨씬 나았다. 그런데 엄마의 꿈이 뭐라고? 그 꿈을 이루는 게 나에게 달려 있다니. 어쩌자고 엄마는 내게 부담을 주는, 게다가 내가 해내기 어려운 일에 자신의 꿈을 걸고 있단 말인가? 차라리 멋진 남자를 만나는 꿈이라면 훨씬 실현 가능성이 클 뿐 아니라 나도 축하해 주고 싶어질 텐데. 패션 화보가 화려하게 소개된 잡지를 나는 그만 덮어버렸다. 올여름 유행 패션인 짧은 팬츠와 초미니스커트를 장만하는 꿈도 엄마의 꿈 때문에 덮어버려야 했다. 이런 내 충격에 전혀 상관할 마음이 없다는 듯, 계산서가 내 앞으로 불쑥 얼굴을 내밀어왔다.

트위스티 1, 파인주스1, 18,000원

카드를 결제하고 나는 엄마가 하는 것처럼 인사했다.

"감사합니다. 또 오세요."

노란 원피스를 입은 여자가 어깨 위에 메고 있던 숄더백의 끈을 한번 추스른 다음 출입문을 밀었다. 문밖으로 보이는 하늘은 잔뜩 구름을 안고 어둠에 물들어 갔다. 그 하늘을 뒤흔들듯 요란한 오토바이 소리가 나더니 중국집 배달 아저씨가 자장면 한 그릇을 달랑 들고 약국으로 들어가는 것이 보였다. 약사 아저씨의 오늘 저녁 메뉴는 자장면인 모양이다. 이왕 배달시키는 김에 탕수육이나 잡채라도 보태지. 저러다가 영양실조라도 걸리면 어떡하려고, 참.

"엄마가 자식 생각을 눈곱만큼이라도 한다면 누나를 이렇게 두는 게 아니지. 송화를 맡아 키우고 적당한 자리를 물색해서 누나를······."

"얘, 그건 내가 싫다."

이쯤에서 나는 카운터 앞에서마저도 일어서야 했다. 할머니가 자식 생각을 하지 않는 게 얼마나 다행인가? 오지랖 넓게 나를 맡아 키운다고 나서서는 엄마를 시집보내버리면? 정말 기막힌 일이 아닐 수 없다. 삼촌의 입에서 무슨 말이 더 나올지 두려워졌다.

"엄마, 나 숙제할게."

나는 쪽문을 있는 힘을 다해 밀었다. 내 눈앞에는 어둠이 검은 눈물의 강이 되어 흐르고 있었다. 그 속으로 나는 천천히 걸어 들어갔다.

공부할 기분이 나지 않아 컴퓨터 앞에 앉았다. 이 사이트 저 사이트를 서핑하다가 저장해 둔 사진들이 생각났다. 이사하기 전날, 집 구석구석을 찾아다니며 휴대폰으로 찍어두었던 것들이다. 그렇게라도 해놓지 않으면 영원히 거기로 돌아갈 수 없을뿐더러 잊어버릴지도 모른다는 생각이 들어서이다. 그 집이 기억 속에서 사라진다는 것은 다시는 내가 행복해질 수 없다는 뜻으로 여겨졌다.

안방과 내 방, 거실, 부엌, 다용도실, 베란다······. 스물네 평의 공간 어디에든 환한 햇빛이 들어왔고, 그 속에 놓인 가재도구들은 하나같이 유용하고 아름답게 보였다. 그것들과 더불어 있던 엄마와 나도 행복했었다. 하지만 몇 가지 물건을 제외하고는 헤어져야 했다. 나는 우리 곁에서 곧 사라질 것들을 하나씩 사진에 담으면서 할아버지와 이별할 때와는 또 다른 슬픔과 아픔을 느꼈다. 마지막으로 창에서부터 비스듬히 들어오는 오후의 햇살을 찍기 위해 휴대폰 버튼을 누르는 순간, 두더지에게 시집가는 엄지공주 이야기가 떠올랐다. 시집가기 전날 '엄지공주는 마지막으로 해님에게 작별 인사를 했어요. 안녕히 계세요, 해님.' 어린 나는 이 부분에서 늘 목이 메었었는데……, 이럴 줄 알고 그랬던가? 베란다 창문을 활짝 열어젖히고 목을 길게 빼 나는 하늘을 올려다보았다. 눈 부신 햇살이 활짝 이를 드러내놓고 웃어주었다. 엄지공주처럼 작별 인사를 하려다가 나는 마음을 바꾸었다.

"우리, 또다시 만나요. 그때까지 안녕."

그때가 언제 올지 아직 나는 모른다. 엄마의 샌드위치 가게가 놀라울 만치 번창하든지 아니면 약사 아저씨가 마음을 바꾸어 가겟세를 대폭 내리든지 해야만 될 것이다. 현재로서는 둘 다 별로 가능성이 없어 보인다. 옛집의 사진들을 들여다보다 '틀린 그림' 사이트에 접속했다.

－햇빛이 늘 환하게 비추어 주던 옛집이 그리워지네요ㅜㅜ. 가게 뒤쪽에 붙은 여긴 깜깜절벽이에요. 밖에서 양손 가득 햇빛을 움켜쥐고 와서 여기에 펴놓을 수 있다면.

나는 문득 떠오르는 생각들을 채팅창에다 풀어놓았다. 그러자 빠르게 글들이 올라왔다.

  -작은 악마님에게 마음의 해님을 선물할게요.

  -마음의 빛을 잃어버린다면, 아무리 밝은 곳에 있더라도 암흑천지가 된답니다. 내게는 가족이 바로 빛인데…….

  마지막 글을 쓴 사람의 닉네임은 '기러기'였다. 역시 약사 아저씨구나! 끼니를 자장면으로 혼자 해결하고 게임 사이트에 들어와 있는 아저씨. 바로 아저씨야말로 암흑천지에 갇힌 게 아닐까? 그를 생각하니 내 가슴이 다 답답해졌다. 나는 창밖을 올려다보았다. 별도 달도 없는 하늘이 검은 장막을 무겁게 드리운 듯했다. 차라리 소나기라도 좍좍 퍼부어 주면 좋을 텐데……. 남부지방에 걸쳐 있다는 장마전선은 아직 북상할 기미가 보이지 않는다. 잔뜩 하늘만 흐리게 해놓을 뿐이다.

# 그리움과 기다림

짝꿍 은서가 점심시간에 주위 아이들에게 초콜릿을 돌렸다.

"웬 초콜릿?"

"다이어트에 금물이긴 하지만 안 먹어주면 초콜릿 입장에서 얼마나 서운하겠니?"

"고마워. 잘 먹을게."

초콜릿을 받는 아이들의 반응은 제각각이었다. 나는 은서에게 잘 먹겠다는 뜻으로 고개만 한 번 까딱했다. 말을 잘못 붙였다가는 은서의 수다가 끝이 없을 게 뻔했기 때문이다. 대부분 아빠의 자랑으로 이어질 수다를 나는 아무렇지도 않게 듣고 있을 자신이 없었다.

"네 아빠, 또 외국 출장 다녀오신 모양이구나?"

눈치 없게 지수가 자리를 깔아주었다. 기다렸다는 듯 그 자리

위로 은서는 냉큼 올라갔다.

"으응, 유럽 쪽으로. 프랑스 이태리 영국을 다 돌아 스위스까지. 이번엔 특별히 내 유학을 염두에 두셨대. 아마 영국으로 보낼 것 같아. 이번 학기만 여기서 끝내면 될 거야. 그러면 이 지겨운 공부에서부터 해방이야. 좀만 참으면⋯⋯."

아이들이 장단 맞추는 소리를 들으며 나는 속으로 중얼거렸다. '흥, 거기선 공부 안 해도 된대? 항상 꼴찌만 하니까 나가고 싶긴 하겠지.' 그러다 나는 기어코 한마디하고야 말았다.

"은서야, 너 영어로 다 알아들을 수 있니? 몇 배로 힘들걸?"

"촌스럽긴⋯⋯. 랭귀지스쿨이란 것도 못 들어봤나 봐? 그런 게 왜 있겠니? 다 나 같은 애들을 위해서지. 첨엔 좀 다녀야겠지. 금방 는다더라. 여기서 백날 영어 공부해 봐라, 뭔 소용이 있나. 그러니 형편 되면 어떻게 유학을 안 가겠니?"

꼴같잖은 게, 뭐라고? 정말 나는 어이가 없었다. 그러게 말이야. 옆에서 맞장구치는 애들까지 모자라게 보였다.

"아빠 덕에 유학도 다 가고, 누군 엄청 좋겠네."

결국 나는 눈을 하얗게 흘기며 이죽거리고 말았다. 이러는 게 얼마나 꼴불견인 줄 모르진 않지만 나는 도저히 인내심을 발휘할 수가 없었다.

아빠. 우리 아빠라는 사람은 도대체 이 세상 어느 구석에 숨어 있을까? 한때 나는 우리 아빠가 산타클로스인 줄 알았다. 세상

곳곳을 돌아다니며 착한 아이들에게 선물을 나눠 주느라 바빠서 내게 얼굴을 보여줄 수 없는 산타클로스. 이제 나는 산타클로스 대신 '알라딘의 요술램프'의 지니 같은 사람이 아빠이길 종종 꿈꾸곤 한다. 내가 원하기만 하면 뭐든지 다 들어줄 수 있고, 어렵거나 힘든 일이 생길 때면 모든 걸 다 해결해 줄 능력을 지닌 지니. 그를 정말 절실하게 필요로 할 때면 꼭 내 앞에 나타나 줄 것이라 나는 믿고 있다. 그 믿음으로 나는 이 현실을 견디어 내는지도 모르겠다.

　서경과 나는 교문을 나오자마자 떡볶이 가게로 직행했다. 그런 다음, 우리는 서경 엄마를 따돌리기 위해 휴대폰 전원부터 꺼버렸다.
　"이히히, 아직 종례가 안 끝난 줄 아시겠지?"
　서경은 떡볶이 하나를 집으면서 잇몸까지 드러내고 웃었다. 나도 따라 웃으려다가 입안이 너무 매워 물부터 찾아야 했다.
　"나, 아무래도 수련회에 못 갈 것 같아. 영어 캠프 가기로 되어 있대. 시험 끝나자마자 미국으로 날아가야 해."
　이번 수련회는 아무래도 망쳐버릴 것 같은 예감이 든다. 튀김만두를 집으려다 그만두고 나는 서경을 건너다보았다. 서경의 입가엔 고추장이 빨간 점처럼 여기저기 묻어 있었다.
　"거기 가봤자 영어 별로 늘지도 않아. 죄다 한국 애들이야. 우리끼리 뭔 영어를 하겠냐? 수백만 원씩 들여서. 미친 짓이라니 깐.”

“엄마께 말씀드리지 그랬어? 별로 도움 안 된다고 말이야.”

“왜 내가 말 안 했겠어? 근데 아파트 엄마들이나 유학원에서 하는 말들만 믿으니까 문제지. 몰라. 몇 주 놀다가 오는 셈 쳐야지, 뭐. 여기 엄마들 말이야, 제정신들이 아닌 것 같아. 우리 아빠 세상이 어찌 되려고 이 모양인지 모르겠다고 그러면서도 우리 엄마 하는 대로 무조건 따라가. 정말 웃기지 않냐?”

고추장이 묻은 입을 활짝 벌리고 웃는 서경을 따라 나도 어이없이 웃고 말았다.

짙은 회색 하늘에서 한두 방울씩 비가 떨어지기 시작하다가 곧 그치고 말았다. 오줌소태라도 걸린 걸까? 하늘은 비 대신 잿빛 솜이불을 깔아놓은 것 같았다. 그 아래로 사람들이 구름의 무게에 짓눌린 듯 걸어갔다. 나 또한 무거운 가방을 등에 매단 채 회색빛 거리의 간판들을 하나씩 읽으며 천천히 걸어갔다. 예삐꽃방, 세종서적, 브라운제과, 엄마네 분식……. 친구들은 외국으로 떠난다는데 나는 여름방학에도 꼼짝없이 이 거리를 지나다니며 부지런히 학원을 오가야 할 것이다. 어디선가 습기와 열기를 품은 바람이 불어와 내 머리카락과 옷자락을 흔들고 지나갔다. 나는 머리카락을 쓸어 올리다가 큰 소리로 말했다.

“흥, 다들 가라지 뭐. 별수 있을 줄 알고?”

나는 편의점에 들어가 아이스크림 하나를 입에 물고 나왔다. 떡볶이 때문에 화끈거리던 입안을 차가운 기운이 금방 식혀주었다. 달콤하고 부드러운 아이스크림을 혀끝으로 핥으면서 나는 모든 걸 잊고 싶어 했다.

가게에는 아르바이트하는 언니만 있었다. 앞창 달린 모자를 푹 눌러 쓰고 앞치마를 두른 언니가 바쁘게 테이블 사이를 오갔다.

"어서 오세요."

언니는 출입문 쪽으로 한번 보지도 않고 습관적으로 인사를 했다.

"엄마는?"

언니 옆으로 다가가서 물었을 때야 깜짝 놀라며 나를 바라보았다. 언니의 동그란 눈가는 마스카라가 번져 판다처럼 보였다.

"사장님? 학원에."

언니는 우리 엄마를 꼭 사장님이라고 부른다. 아주머니라고 하면 훨씬 부드럽게 들릴 텐데. 그런데 엄만 난데없이 무슨 학원에 간 걸까?

"무슨 학원은……, 네가 다니는 학원이겠지. 나, 지금 엄청 바쁘거든."

더 이상 말 시키지 말란 듯 언니는 나를 두고 주방 쪽으로 가려고 했다. 궁금한 건 참을 수 없어 나는 언니 뒤를 따라가 또 물었다.

"갑자기 거긴 왜?"

"입시 설명회. 왜 그딴 것들 있잖아. 특목고 대비해가며……."

언니는 바쁜데 자꾸만 물어대는 내가 정말 귀찮은 모양이었다. 주방 안으로 사라지는 그녀를 더 이상 붙잡지 못하고 나는 집 안으로 들어갔다.

엄만 이번 여름방학부터 본격적으로 나를 수험생 대열에다 끼어 놓으려고 작정을 한 것 같다. 가게를 아르바이트생에게 맡겨 놓고 간 걸 보면 아무래도 단단히 결심한 듯하다. 남들은 유학이니, 영어 캠프니, 하는데 방학 내내 학원에서 썩을 생각을 하니 힘이 쏙 빠진다. 비싼 학원 수강료 때문에 여름휴가는커녕 내 용돈도 줄일 게 뻔하다. 틀림없이 지옥 같은 방학이 눈앞에 펼쳐질 것이다. 순간 시험공부할 기분마저 싹 달아나 버렸다.

내 기분을 알 리 없는 엄마는 학원에서 받은 자료들을 내 앞에 좍 펼쳐놓았다. 도표와 그래프까지 동원된 자료들은 마치 대단한 논문 같아 보였다. 엄마는 거기다가 볼펜으로 뭔가 잔뜩 적어 놓았다.

"이따가 한 번 읽어봐. 내신이야 만점 받는 게 기본이고, 영어 수학 공부를 특별히 해야 한대. 이것만 전문으로 하는 데 중에서 어디가 제일 나은지 알아보는 중이야. 기말고사 끝나면 바로 시작해야 하는데, 요즘 여기 엄마들은 서로 정보를 나누려고 하지를 않으니……."

"엄마, 안 바뻐? 빨리 가게나 나가 보셔."

나는 펼쳐진 자료들을 주섬주섬 주워 모아 책꽂이 한구석에 얼른 꽂아버렸다. 그것들이 눈앞을 산란하게 해서 도저히 보고 있을 수가 없었다.

"애, 시험공부는 잘 돼가지? 주요 과목들은 전교 석차 한 자릿수야. 음, 미, 체는 어쩔 수 없다고 쳐도……. 아냐, 그것들도 수는 기본적으로 받아 줘야 한다더라."

"안 바쁘냐니깐? 내가 알아서 해. 까짓것, 특목고 못 간다고 대학 못 가는 것도 아니잖아. 정말 지겨워."

"애가, 애가……, 무슨 소릴 하는 거냐? 죽을 판 살 판 덤벼도 겨우 갈까 말까라고. 공부마저 못 해 봐, 앞으로 네 인생이 어떻게 되겠냐? 이 시기를 놓치면 영원히 후회하게 돼 있어. 불과 사오 년만 바짝 힘들고 나면 앞으로 칠팔십 년이 편해질 텐데, 그걸 못 참아서……."

나는 결국 엄마의 등을 떼밀어 가게로 내보내고 말았다. 한 치 앞을 모르는 게 인생이라는데, 그깟 공부가 칠팔십 년 후까지의 안락함을 무슨 수로 보장한단 말인가? 미혼모의 딸에, 보통 수준의 외모에, 특별한 재능이 없다고 해서 내 인생이 별 볼 일 없다고 누가 단언할 수 있단 말인가. 우리의 인생을 움직이는 건 전혀 예측할 수 없는 변수들이고, 그 때문에 우리는 가슴을 졸이며 때로는 꿈꾸며 살아가는 게 아닐까? 누구보다도 엄마는 그걸 몸소

겪었으면서 내게 오로지 공부만 강요하다니. 정말 아이러니가 아닐 수 없다.

　서른다섯의 엄마는 자신의 인생을 새롭게 바꿔보는 걸 이제 완전히 포기한 모양이다. TV 드라마에서 보면, 서른다섯 정도의 나이에 애까지 딸린 이혼녀나 과부가 능력 있는 미남 미혼남을 만나 서로 사랑하고 결혼에 골인하는 이야기들이 많기도 한데 실제상황에서는 왜 거의 불가능한 걸까? 여자 주인공의 뛰어난 외모나 경제력이 바탕이 되어 있었다는 건 물론 인정한다. 우리 엄마 역시 일단 외모가 나와 달리 평균 수준을 훨씬 웃돌 뿐 아니라 가게까지 꾸려나갈 정도의 경제력이 있지 않은가. 그런데도 엄마는 왜 자꾸 실패하는 걸까?
　작년 봄, 모 증권회사에 다니는 아저씨와 헤어지고부터 엄마는 더 이상 남자에게는 관심을 두지 않기로 작정한 것 같다. 그 원인은 결국 나 때문일 거라고 짐작한다.
　춘추복을 처음 입던 날, 나는 학교에서 돌아오다가 우리 가게 앞에서 육십 대 중반쯤 되어 보이는 여자를 만났다. 세련되고 우아한 차림을 한 그녀가 왠지 낯설지 않은 느낌이 들어서 나는 그녀를 유심히 보았고, 그녀 또한 예사롭지 않은 눈빛으로 나를 살펴보는 듯했다. 잠시 시선이 마주친 다음 우리는 동시에 가게 안으로 들어가게 되었다. 그 순간 엄마는 나쁜 짓을 하다 들킨 사람 모양 허둥대는 눈짓으로 나를 가게 밖으로 얼른 내보냈다. 나는 문밖에 우두커니 서서 엄마에게 정말 내쫓긴 기분이 되어, 처음으로 아빠를 몇 번이고 불러보았다. 지금 아빠를 만나게 된다면 그동안 나를 모른 체 한 걸 다 용서하고 받아들일 수 있을 텐데⋯⋯. '아빠, 지금이 바로 기회예요. 기회를 놓치지 마시고, 어서 여기로 오세요.' 이렇게 중얼거리는데 안에서 사람보다 말소리가 먼저 밖으로 튀어나왔다. 침착하면서도 단호한 어투였다.

"딸까지는 받아들일 수 없지요. 우리 동호는 총각이나 다를 바 없는데⋯⋯. 다시 한번 생각해 봐요."

좀 전의 그 여자는 가게 문 밖까지 배웅 나온 엄마에게 다짐받듯 말하고서는 대기시켜 놓은 검은 승용차를 타고 사라져 버렸다. 어떤 상황이고, 무슨 뜻으로 하는 말인지 나는 단번에 다 알았다. 얼른 가게 앞을 지나 무조건 앞만 보고 걸었다. 엄마의 눈에서 벗어날 수 있는 곳이기만 하면 된다고 믿었다. 그럴 때 내 존재를 엄마에게 드러낸다는 게 너무 염치없는 짓이라는 생각이 들어서였다. 하염없이 걷고 또 걸었다. 하지만 내가 있을 만한 장소를 쉽게 찾아낼 수 없었다. 그 늙은 여자만 나를 거부하는 게 아니라 세상 전부가 다 나를 밀어내는 듯했다. 처음으로 나를 낳아준 엄마가 진심으로 원망스러웠다. 어쩌자고 아무런 대책 없이 낳아서는 이렇게 서로 곤란하게 한단 말인가? 이번 참에 엄마에게 효도하는 셈 치고 그만 사라져 줄까? 나는 공원의 벤치에 앉

아 어떤 방법으로 사라지는 게 가장 좋을까에 대해 골똘히 생각
하다가 그만 잠이 들어버렸다. 나를 깨운 것은 요란한 경찰차의
경적과 엄마의 울음소리였다.

"너 하나만 있으면…… 이 세상에 너와 바꿀 수 있는 건 아무
것도……."

나를 끌어안고 울면서 간간이 내뱉는 말에서 엄마의 진심이
느껴졌다. 그제야 나는 울음을 크게 터뜨렸다.

이 세상에 나와 바꿀 수 있는 건 아무것도 없다는 엄마를 위해
내가 세상의 모든것으로 바뀌어야만 했다. 그게 얼마나 힘들고
숨 막히는 노릇인가를 나는 금방 깨달았다. 이제 나는 엄마에게
솔직하게 말하고 싶어진다. 나와 바꿀 수 있는 걸 제발 찾아내서
언제든지 바꾸라고. 자신의 모든 에너지를 나에게 쏟아붓는 일은
이제 그만하라고……. 사실 나는 엄마에게 새로운 로맨스가 시
작되기를 은근히 바라고 있다. 아름답고 행복해하는 엄마를 바라
보는 것이 즐거울 뿐 아니라 내게 오로지 공부만을 강요하는 엄
마에게서부터 나도 자유로워질 수 있기 때문이다.

책상 앞에 앉았지만, 졸음이 쏟아졌다. 아이들은 내신 위주의
학원이나 과외에서 시험공부를 하고 있을 텐데. 이러다가 성적
이 떨어진다면? 생각만 해도 소름이 돋는다. 남에게 결코 뒤질
수 없다. 내가 그동안 최상위권의 성적을 계속 유지할 수 있었던

비결은 엄마의 강요보다도 강한 내 자존심 때문일 것이라고 믿는다. 나는 후다닥 밖으로 뛰어나갔다. 마치 수마睡魔의 늪에서 벗어나기라도 할 듯이.

눅눅하지만 꽤 시원한 바람이 불어왔다. 어느 가게선가 켜놓은 TV 소리가 길거리까지 크게 들려왔다. 와르르 쏟아지는 웃음소리와 박수 소리, 그리고 사회자인 듯한 사람이 하는 말소리. 뒤섞여 들려오는 그 소리들은 소음이 되어 고즈넉한 밤공기를 흔들어 놓았다. 나는 큰 결심을 하듯 심호흡을 한 번 하고 약국 앞에 섰다. '건강한약국'의 간판은 네온사인 불빛을 받아 반짝반짝 빛났다.

"저어, 아저씨……."

문을 밀고 약국 안을 들여다봐도 아저씨는 보이지 않았다. 조제실 쪽으로 고개를 들이밀었지만, 벽에 붙은 아저씨네 가족사진만 걸려 있을 뿐, 그는 없었다. 약국을 비워두고 어디 가신 걸까? 약국 안을 둘러보다가 모니터에 보호 화면이 뜬 걸 보았다. 분명 '틀린 그림' 게임을 하던 중일 것이다. 나는 그 앞으로 가서 엔터키를 눌렀다. 내 예상과 달리, 수신 확인 창 아래로 메일의 제목과 받는 이의 이름이 주르르 떴다. 메일들은 수신 확인이 전혀 안 되어 있었다. '잘들 지내니, 왜 연락이 없소, 도대체 어떻게 된 거냐, 무슨 일이 생긴 건지…….' 아저씨가 그의 가족들에게 보낸 메일들이었다. 그런데 그들은 왜 메일을 읽지 않은 걸까? 메일의 제목에서부터 그의 안타까움과 불안이 절절하게 묻어났다. 나까지 맥이 풀려 소파에 주저앉았다. 그때 아저씨가 숨을 헐떡거리며 들어왔다.

"어 언제…… 왔냐?"

그는 한쪽 가슴을 손바닥으로 누르고 얼굴을 약간 찡그렸다.

"방금요. 근데 가슴이 아프세요?"

"화장실에 갔다가 너무 급하게 뛰어왔더니…… 하이고, 숨이 차구나."

아저씨도 내 옆에 앉았다. 헐떡거리던 숨이 가라앉았는지 그는 가슴에 얹었던 손을 내렸다.

"손님이 왔다가 허탕이라도 치고 가면 어떡하나, 싶어서…… 그런데 넌 웬일이냐? 시험이 다 되어 가는데 놀러 올 리는 없고?"

"제가 허탕 칠 뻔했네요, 뭐. 저어, 혹시 잠 안 오는 약 있어요?"

"각성제 말이냐? 절대로 그런 약은 함부로 먹는 게 아니다. 졸리면 차라리 잠시라도 눈을 붙이려무나."

그는 정색하고 말했다. 정말 실망이다. 잠 안 오는 약으로 어쨌든 견뎌보려고 했는데…….

"잠시 눈을 붙이다가 아침까지 자버리면 어떡해요?"

"그래도 그편이 나아. 아니면, 엄마한테 깨워달라고 부탁을 해

놓든지……. 하기야 그런다고 쉽게 잘 일어나지는 것도 아니지. 우리 애들이랑 집사람이 매일 깨우는 거로 옥신각신하느라 나까지 항상 잠을 설치곤 했지. 지금 생각하니까 그래도 그때가 좋았던 것 같구나. 한집에서 지지고 볶고 하는 게 가족이지."

그의 얼굴은 먹구름이 잔뜩 낀 요즘의 하늘처럼 어두웠다. 짙은 먹구름 같은, 어두운 슬픔이 느껴졌다. 가족들이 언제 귀국하느냐는 질문을 이제 더 이상 할 수 없었다. 나는 자리에서 일어났다.

"가려고? 잠 안 오는 약 대신 이 비타민시를 먹어봐라. 입안이 상큼해지면 머릿속도 개운해질 거다."

그가 내미는 약을 받아 들고 나는 약국을 나와 우리 가게로 갔다.

"왜? 좀 쉬려고?"

엄마는 내가 공부하지 않고 가게로 나온 게 불만인 모양이었다.

"너무 졸려서……. 커피를 진하게 만들어 줘."

"그래, 그래. 냉커피로? 안에 들어가 있어. 엄마가 가지고 들어갈 테니까, 응?"

커피를 타는 시간조차도 아까워하다니, 정말 어이가 없다.

"알았어. 고 삼 되면 어떻게 할지 안 봐도 비디오야. 벌써 엄마 땜에 걱정이라니깐."

이렇게 종알거리고는 나는 안으로 들어갔다. 아저씨가 준 비타민시의 과립이 입안에서 새콤한 맛으로 녹아났다. 그러자 아저씨의 어두운 얼굴이 떠올랐다. 한집에서 지지고 볶고 하는 게 가족이라는 그의 말이 의미심장하게 여겨졌다. 도대체 그의 가족들은 왜 연락이 되지를 않는 걸까? 혹시 무슨 사고라도? 방정맞은 생각이 떠올랐지만 나는 이내 고개를 흔들었다. 요즘 어떤 세상인데……. 그러면 그는 벌써 연락받았을 것이다.

나는 도덕 교과서와 노트를 펼쳐 우선 읽기 시작했다.

시민사회의 의미는 자유 민주주의 국가에서는 신분적 구속 없이 자유롭고 평등한 개인이 모여 사는 사회를 가리킨다. 그것의 형성 배경이 되는 것은 종교개혁, 시민혁명, 산업혁명이다. 그 주요 특징으로는 다원 사회, 법치주의, 다수결, 개방성 등…….

내 목소리보다 갑자기 더 크게 들려오는 노랫소리에 그만 입을 다물었다. 이층 노래방에서 어느 취객이 나오면서 계속 노래를 부르는 모양이었다.

"늦은 시간에…… 다른 사람들한테 방해가 되잖소?"

분명 약사 아저씨의 목소리였다. 곧이어 욕설이 튀어나왔다.

"씨발, 니가 뭔데 지랄이야?"

"내가 여기 건물 주인이오. 좀 조용히 하라는데 무슨 욕을 퍼부어요?"

"건물 주인? 잘났다. 오냐, 그래, 이 새끼야. 어디 한번 붙어
봐?"

우당탕, 하는 소리가 들리더니 이내 잠잠해졌다. 혹시 취객이
날리는 주먹 한 방에 아저씨가 쓰러지신 건 아닐까? 나는 급하게
집 밖을 나와 건물의 출입구를 향해 뛰었다. 엄마는 샌드위치를
만들다가 내 뒤를 쫓아오면서 소리쳤다.

"무슨 일이야?"

아무런 일도 없었다는 듯 취객은 여전히 노래를 흥얼거리며
비틀걸음을 걸었다. 그렇다면, 아저씨는? 나는 몇 걸음 가다가
멈추었다.

"도대체 무슨 일이냐니깐? 공부하다 말고?"

짜증 섞인 엄마의 질문에 대답하듯 아저씨가 양 손바닥을 털
면서 출입문 밖으로 나왔다.

"노래방에서 불렀으면 됐지. 동네방네 떠들썩하게……. 술에
취한 개라더니, 원. 떠드는 소리 듣고 나오셨어요?"

그는 혼잣말로 중얼거리다가 엄마와 나를 발견하고는 약간 당
황한 기색을 보였다.

"아뇨, 얘가 공부하다 말고 밖으로 뛰어나오기에……."

"여기 노래방에 온 사람인가 봐요. 술에 취해 큰 소리로 계단
에서까지 노래를 부르기에 좀 조용히 하랬더니 욕을 퍼부으면서
때릴 기세를 하잖아요? 그러다 제풀에 비틀거리면서 쓰러지고

맙디다. 그 바람에 쓰레기통이 엎어져서 그것 치우느라……."

그는 손바닥을 다시 한번 마주 털었다.

"다치신 데는 없으세요? 갑자기 조용해지기에 아저씨가 혹시 쓰러지신 줄 알고 뛰어나왔죠."

"오호, 그래? 기특하구나. 이 아저씨도 우리 송화 공부하는 데 방해될까 조용히 시키려고 그랬지. 술에 취해 비틀거리는, 저런 자식들은 열 명이라도 아저씨가 이길 자신이 있단다."

어느 모로 보나 그는 열 명은커녕 한 명도 이길 수 있을 것 같지 않아 보였다. 좀 전 그 취객은 맞붙어 싸운 게 아니라 제풀에 나가떨어진 거니까 예외로 쳐야 했다.

"아, 네에. 그럼 들어가 보세요."

엄마는 그를 향해 가볍게 고개를 한 번 숙여 보이고는 내 손을 끌고 안으로 들어가려 했다. 그는 마지못한 듯 약국 쪽으로 발걸음을 옮겼다.

"하여튼 넌, 공부하기에도 바쁠 텐데 온 동네일까지 다 아는 척을 해야 하니?"

엄마는 눈을 흘기면서 말했다. 나도 질세라 입을 비죽거리며 말했다.

"엄마야말로……. 약사 아저씨가 나 공부하는 데 방해된다고 나서주셨는데, 어쩌면 그럴 수가 있어? 고맙단 인사는커녕 그저 나를 못 데리고 가서 안달을 부려?"

"그냥 하는 소릴 가지고. 내가 정식으로 인사를 해봐라, 괜히 미안해지기만 하지."

엄마와 나는 둘 다 샐쭉해져 본래의 위치로 돌아갔다. 엄마는 더 이상 내게 시선도 주기 싫은지 아래로 눈을 깐 채 샌드위치를 만들었다. 나도 엄마에게 아무런 말도 하지 않고는 안으로 들어와서 하던 공부를 계속했다. 하지만 내 눈앞에는 쓰레기통을 치우고 나오던 아저씨의 모습이 자꾸만 아른거렸다. 아저씬 정말 내 공부에 방해가 될까 봐 취객에게 조용히 하라고 했을까? 혹시 딸 생각이 났던 걸까? 엄만 그냥 하는 소리라고 했지만…….

아저씨는 나를 처음 만났을 때 이렇게 말했다.

"우리 정아랑 동갑이겠구나. 걔도 여기 있었으면 중학교 2학년이었을 거다."

내가 아무런 대꾸를 하지 않는데도 그는 계속 이야기했다.

"피아니스트가 되는 게 꿈이란다. 그래서 유학 갔지. 넌 뭐가되고 싶니?"

흥, 처음 보는 나한테까지 딸 자랑을 하고 싶은 모양이지. 가겟세는 엄청 올려놓고 말이야. 뭐가 되고 싶은지 모르겠다고 말하려는데 옆에 있던 엄마가 나섰다.

"얜 한의사가 될 거예요. 할아버지가 한의사셨지요. 하시던 한의원을 지금은 남한테 세를 주고 있지만 애가 앞으로 맡아서 할 거랍니다."

"오호, 그래? 공부를 아주 잘하겠구나?"

그는 아주 놀랍다는 듯 나를 보며 물었다. 그러자 괜히 쑥스러워져서 나는 피식 웃었다. 또 엄마가 냉큼 받아 말했다.

"뭐, 반에서야 늘 일등 하지요."

대수롭지 않게 말하려는 듯했지만, 엄마 역시 딸 자랑을 못 해 안달하는 얼굴이었다. 이 동네 학교에서 반에서 1등 하면 아주 대단한 거라고, 그는 부러운 얼굴로 엄마를 보며 이야기를 나누었다. 우리나라 부모들은 공부 얘기만 나오면 다들 이성이 완전히 마비되는 모양이었다.

그런데 피아니스트가 꿈이라는 그 애는 왜 방학인데도 오지 않는 걸까? 메일조차 왜 확인하지 않는 걸까? 수신 확인 안 된 메일들. 그것들이 그에게 다가올, 불운의 징조처럼 여겨져 내 마음이 자꾸만 무거워졌다. 내 눈꺼풀 또한 무거워져 나는 책을 밀치고 기지개를 켰다. 취객이 한바탕 소동을 피우며 사라지고 나자 이제 온 동네는 깊은 잠 속으로 빠져들고 있는 듯하다. 나는 책상에 잠시 엎드려서 눈만 붙이기로 했다.

지진이라도 난 걸까, 온몸이 흔들리며 엄마의 목소리가 다급하게 들려왔다.

"송화야, 일어나. 지각하겠다. 어서 일어나라니깐."

어느 순간 내 몸이 번쩍 위로 들렸다.

"졌다, 졌어. 폭탄이 떨어져도 자고 있을 거야."

엄마가 등 뒤에서부터 나를 붙잡고 일으키면서 푸념했다. 못 이기는 척 일어나며 나는 물었다.

"거참, 이상하다. 분명히 내가 책상 앞에 있었는데, 어떻게 침대에 눕게 됐지?"

"하이고, 그러게. 정말 불가사의한 일이네."

욕실에 들어가 찬물을 뒤집어써도 졸음은 쉽게 가시지 않았다. 하지만 어쩔 수 없이 교복을 입고 나는 학교로 가야만 했다.

아침부터 후텁지근한 공기가 교실을 가득 메우고 있었다. 나는 얇은 노트를 부채 삼아 흔들다가 은서의 파란색 부채에 시선을 주었다.

"이거? 어제 엄마랑 유학원에 상담하러 갔더니 주더라."

은서는 벌써 침을 한 번 삼키고 이야기를 시작할 태세였다. 내가 운을 떼 주기만 하면 은서의 입에서 유학에 관한 이야기가 청산유수처럼 흘러나올 것이다. 나는 재빨리 부채에서 눈을 돌려 책을 보는 척했다. 은서는 부채를 흔들며 교실 뒷자리로 갔다. 곧이어 아이들의 탄성이 들렸다. 대박, 좋겠다, 와우, 부럽다, 언제 가니……. 혹시 우리 아빠라는 사람이 지금 내 앞에 나타나서 유학을 권유한다면? 상상만 하는데도 내 입이 슬쩍 벌어지려 했다. 이내 나는 고개를 절레절레 흔들며 중얼거렸다. '미친 것, 정말 미치지 않고서야 이딴 상상이나 하면서 아까운 시간을 허비할 순 없지.' 괜히 내 옆에서 바람을 넣는 은서가 원망스럽다. 거기에

휘둘리고 있는 나는 정말 못난이다. 못난이가 안 되기 위해서 내가 할 수 있는 일은 오로지 공부뿐이다. 나는 온 정신을 다 집중해 책을 들여다보았다. 뒤에서 떠들어대는 아이들의 목소리가 환청처럼 들리다가, 어느 순간 완전히 사라져 버렸다. 내가 원하던 대로 나는 공부 삼매에 빠진 모양이다.

# 할머니 생신

일요일인데도 엄마는 아침 일찍 일어나서 싱크대 앞에서 부지런히 움직였다. 그 와중에도 십 분 간격으로 나를 깨웠다.

"일요일이잖아? 근데 엄만 왜 벌써 일어난 거야?"

"오늘, 할머니 생신이야. 바쁜 네 숙모가 제대로 준비 해뒀을 리 없을 거고……. 몇 가지 음식을 장만해 가려고. 넌 미리 공부 좀 하다가 가야지? 외가 가면 오늘 반나절은 다 보내고 올 텐데, 응?"

미리 공부하라는 게 속상한 것처럼 입을 내밀었지만 사실 나는 할아버지가 없는 외가가 싫었다. 집 안 구석구석 할아버지의 흔적들이 자꾸만 눈에 아프게 들어와 나를 슬픔과 그리움에 빠뜨리기 때문이다. 요즘 들어서 나는 그런 감정들을 감당하기가 왠지 더욱 힘들었다.

우중충한 구름에 가려진 해가 간신히 빛을 내뿜는 듯했다. 나는 하늘을 한 번 올려다보며 자신도 모르게 한숨을 내쉬었다.

약사 아저씨는 셔터 내린 문을 열쇠로 잠그고 있었다. 일요일에도 약국 문을 열던 아저씨가 오늘은 웬일이람? 그 순간 나는 그가 외출복 차림을 하고 있다는 것을 알아차렸다. 누르스름한 가운을 벗고 나자, 그는 훨씬 말쑥하고 생기 있게 보였다. 그런 그가 낯설고 신기하게 여겨져 나는 시선을 쉽게 뗄 수가 없었다.

"아저씨, 어디 가세요?"

"응, 본가에. 너도 어딜 가니?"

본가라면 어디를 말하는 건가? 어쨌든 약국 아닌 다른 장소에 있을 아저씨의 모습이 잘 떠오르지 않는다.

"외가요. 오늘 할머니 생신이래요."

"그래? 잘 다녀와라."

내게 이렇게 말하자 그는 뒤따라오는 엄마에게 목례를 한 후, 빠른 걸음으로 우리 곁을 지나갔다. 그의 푸른색 남방셔츠가 눈앞에서 사라질 때까지 나는 그의 뒷모습을 바라보았다.

"아저씨는 본가에 가신대. 본가라면 어디를 말하는 거야?"

"부모님 계시는 데를 말하겠지. 칠순 넘은 어머니가 인천에서 혼자 사신다고 하더니, 거기 가는가 보네. 모자가 함께 살면 좋을 텐데……. 그런데 저 집 식구들은 왜 다니러 안 나오는지 모르겠어. 캐나다에서는 방학했을 텐데."

엄마는 분홍 레이스가 달린 파라솔을 활짝 펼쳐 들면서 말했다. 더할 나위 없이 화사하게 보이는 파라솔과 대비가 되어 아저씨의 사정은 더욱 딱하게 여겨지는 듯했다. 엉뚱하게 나는 파라솔에다 시비를 걸었다.

"엄만, 해도 안 났는데 무슨 파라솔이야?"

"모르는 소리 마. 이런 날도 자외선 지수가 예상외로 꽤 높단다."

파라솔의 환한 빛이 얼굴에 어려서 엄마는 마치 꽃송이처럼 보였다. 외가의 동네 사람들은 우리 모녀를 곁눈질하면서 또 수군거릴 것이다. 아직도 미스 같네. 아깝기도 하지, 저 인물에. 어쩌다가, 쯧쯧. 옆에 저 혹을 어쩌누, 떼다가 외할머니가 좀 키우지. 그러게, 아직도 청춘이 만 리 같은데…… 엄마가 고와 보일수록 다른 사람들 눈에 내 존재는 엄마에게서 떼어내야 할 혹으로 비치는 듯했다. 그럴 때마다 나는 투명 인간이 될 수 있다면 얼마나 좋을까, 하는 생각을 하곤 했다.

"얼굴 좀 그을면 어때. 귀찮지도 않아? 그딴 파라솔 들고 다니려면?"

"얘가, 중 2병 아니랄까 봐 괜히 시비야? 누가 너더러 파라솔 들어 달랬니?"

엄마는 난데없이 중 2병까지 들먹이며 샐쭉하고서 쇼핑백과 파라솔을 양손에 하나씩 나눠 들었다. 쇼핑백은 내가 들겠다고 하려다가 입을 비쭉거리고는 모른 체 했다. 우리 모녀는 전철 안에서도 둘 다 입을 계속 꼭 다문 채 있다가 내렸다.

길가의 가로수들은 푸른 잎을 축 늘어뜨리고 있다가 바람이 간간이 불어올 때마다 정신이 번쩍 나는 듯 몸을 일으켜 바람을 맞아들였다. 흔들리는 가로수의 잎들 때문에 붉은 보도블록 위에서의 그늘이 자꾸만 그 형태를 바꾸었다. 그늘이 드리워진, 지그재그 모양의 블록을 따라 나도 지그재그 걸음을 걸으면서 지루함을 조금이라도 덜어 보려고 했다. 파라솔을 펼친 엄마가 저만치 앞서가다가 또다시 뒤를 보며 소리쳤다.

"애, 빨리 좀 와라. 왜 그렇게 더디냐?"

특별히 반겨줄 사람이 기다리고 있는 것도 아니건만 엄만 왜 저렇게 서두르는지 모르겠다. 해마다 오는 할머니 생신이 뭐 그리 대단한 행사라고. 나는 바지 주머니에 양손을 넣고는 대답 대신 입술을 둥글게 모아 앞으로 내밀었다. 휘이익, 공기를 가르며 제법 그럴싸한 휘파람 소리가 났다. '우와, 휘파람을 이젠 불 줄 아는구나. 몇 번 연습한 보람이 있네.' 나는 계속 휘파람을 불어댔다. 피리 소리, 뱃고동 소리, 호각 소리, 풀잎들이 바람에 몸을 스치는 소리⋯⋯. 애조를 띤 음색이 잔잔한 슬픔을 불러일으켰다.

"웬 휘파람? 불량스럽게⋯⋯. 어떤 깡패 녀석 하나가 따라오는 줄 알고 깜짝 놀랐다."

엄마는 아예 발을 멈추고는 나를 한심스럽다는 듯 바라보았다.

"엄마도 참, 오버하긴. 휘파람 분다고 다 불량스러워?"

나는 휘파람 불기를 그치고 엄마 옆으로 다가갔다.

"아참, 손수건하고 양말은 네가 샀다고 해."

엄마는 밑도 끝도 없는 말을 뒤늦게 생각났다는 듯 말했다.

"그게 무슨 소리야?"

"생신 선물 말이야. 네가 그런 걸 준비할 겨를이 어디 있냐? 엄마가 대신 준비해 놨지. 그러니 네가 한 것처럼 하란 말이야. 할머니 서운하시지 않게, 알았지?"

굳이 그럴 필요가 있을까? 어쨌든 엄마 노릇, 딸 노릇 하느라고 힘들겠다고 생각하면서 엄마의 콧등에 맺힌 땀방울을 보았다. 나는 손수건을 꺼내 닦아주었다. 엄마가 배시시 나를 보고 웃었다. 나도 엄마를 보고서 씩 웃어주었다. 우리 모녀는 나란히 걸어 외가로 들어가는 골목 입구로 들어섰다. 그러자 한의원 간판이 제일 먼저 눈에 들어왔다. 할아버지 이름 대신 양소연이라는 이름 석 자가 아프게 눈에 들어왔다. 엄마의 낮은 한숨 소리가 들렸다. 십여 년이 지난 후에는 채송화라는 이름이 쓰인 간판이 붙어 있기를 엄마는 간절히 바라겠지. 이번에는 내가 쉬는 한숨 소리가 크게 났다. 그러다 나는 강한 시선을 느꼈다. 뒤를 돌아보니 회색 대문 앞에서 내 또래의 남자애가 빤히 보고 있었다. 낯익은 얼굴이었지만 이름이 얼른 기억나지 않았다. 나하고 시선이 마주

치자 재빨리 엄마 쪽으로 고개를 돌려 인사를 했다.

"안녕하세요?"

"누구더라? 오오라, 지운이구나. 키가 많이 자랐구나? 인사 안 하면 모르고 지나가겠다. 엄마도 안녕하시지?"

맞아, 이름이 지운이었지. 서지운. 유치원과 초등학교를 함께 다닌 애였다. 키가 너무 자라 엄마 말대로 몰라볼 뻔했다.

"네. 안녕히 가세요."

그 애는 약간 부끄러운 듯한 얼굴을 하고는 급하게 대문 안으로 사라져 버렸다. 그제야 떠오르는 기억이 있었다. 초등학교 1학년 때였나, 2학년 때였나? 다리를 삐어 할아버지에게 침 맞으러 와서 온 병원이 떠나갈 듯이 울어댔다. 나는 울음소리를 도저히 참고 들을 수가 없어서 진료실 한쪽 구석에 놓인 초콜릿 상자에서 초콜릿을 한 통 꺼내주었다. 초콜릿이 입으로 들어가자 언제 울었느냐는 듯 울음을 뚝 그쳤다. 그때부터 그 애는 며칠 동안 침 맞으러 다니면서 초콜릿을 다 먹어 치웠다. 나중에 빈 상자를 발견하고서야 내가 울음을 터뜨렸다. 그리고 난 다음, 나는 그 애 집의 대문과 담에 '서지운 울보'라고 크레용으로 온통 낙서하고 다녔다.

"쟤, 참 많이 컸네."

"그러게. 넌 왜 이렇게 안 크는지 모르겠다."

엄마는 새삼스럽게 나를 찬찬히 바라보았다. 엄마의 눈빛 속에 담긴 염려, 연민, 불안. 이런 눈으로 엄마가 나를 바라볼 때가 제일 싫다. 엄마조차도 어떻게 해줄 수 없는 현실의 문제들이 어마어마한 무게로 나를 누르는 것 같아서다. 엄마가 내게 차라리 혼을 내거나 스트레스를 줄 때가 훨씬 낫다. 그럴 때의 엄마에게는 대단한 힘이 느껴진다. 그 힘이 또한 나를 보호해 줄 수 있다고 믿기 때문이다.

"뭐 누군 늘씬하게 크고 싶지 않겠어?"

나는 재빨리 대문으로 들어가면서 종알거렸다. 여기저기에서 탐스럽게 피어난 꽃들과 무성하게 자란 나무들로 마당에서는 여름 축제가 벌어진 듯했다. 나는 마당의 한복판에서 심호흡했다. 온몸에 푸른 기운이 돌면서 나는 싱싱한 나무가 되고 있었다. 땅에 튼튼한 뿌리를 박고 하늘을 향해 푸른 머리를 흔드는 한 그루의 늠름한 나무.

"저, 왔어요."

나는 안쪽에 대고 소리를 쳤다. 뒤따라 들어온 엄마가 할머니를 불렀다. 하지만 안에서는 아무런 기척도 없었다.

"어디 가셨지?"

엄마는 이렇게 중얼거리고는 마루에 쇼핑백을 소리 나게 놓았다. 그제야 방문이 열리면서 삼촌이 나왔다.

"응, 왔어? 엄만 찜질방에……."

삼촌은 마치 장마전선이 통과하기 직전의, 먹구름이 잔뜩 낀 하늘처럼 우중충한 얼굴을 하고 있었다.

"뭔 일이 있었구나? 그치? 생신날에 좀 참지들 않고……. 올케는?"

엄마는 심란한 어조로 말하고는 삼촌을 올려다보았다. 그때 숙모는 앞머리를 쓸어 올리면서 방에서 나왔다. 약간 찌푸린 미간에서 피곤함과 짜증이 묻어났다.

"숙모, 안녕하세요?"

'이 순간에 안녕하세요? 라니, 나도 참.' 습관적으로 인사를 해놓고 보니 스스로 생각해도 좀 민망스러웠다. 그래도 숙모는 내인사에 웃음으로 답했다. 입 끝을 애써 올리는 듯하면서 가지런한 이를 내보였다. 엄마는 좀 안심이 되는지 쇼핑백에서 밀폐 용기들을 꺼내 식탁 위에 얹었다.

"잡채랑 전이랑 샐러드야. 올케가 바쁠 것 같아서……."

"형님두, 참. 이렇게까지……. 형님도 항상 바쁘실 텐데. 고마워요."

숙모는 또 한 번 웃어 보이고는 스커트 자락을 빠르게 움직이며 주방으로 들어갔다. 꽃무늬가 수 놓인, 그녀의 스커트 자락이 무겁게 가라앉아 있던 실내의 공기를 경쾌하게 흔들어 놓았다.

"찜질방에 가 볼게. 우리 엄만 늙지도 않으시나 봐."

삼촌은 슬리퍼에 발가락을 끼우면서 푸념하듯 말했다.

"엄마가 안 늙으시는 게 불만이야? 만약 편찮으시기라도 해봐

라. 누가 제일 힘이 드는지.”

“그렇긴 하지. 일요일 아침 일곱 시면 얼마나 이른 시각이야? 그때부터 생일상 안 차린다고 성화를 해대니……. 저 사람도 일요일 하루는 좀 늦게 일어나고 싶을 거 아냐?”

삼촌은 주방 쪽에 신경이 쓰이는지 목소리를 낮추었다.

“오늘은 좀 특별한 날이잖아. 엄마 성격 알면 미리 알아서들 좀 빨리 일어나서 움직이지.”

“아버지가 계셨더라면 엄마가 그렇게 야단은 안 부리셨을 텐데. 자꾸만 더 하신다고.”

삼촌은 다시 한번 더 불만스럽게 말하고는 마당을 가로질러 나갔다. 꽝, 하고 대문 닫히는 소리가 나자, 엄마는 낮은 소리로 중얼거렸다.

“이럴 줄 알았으면 내가 나가는 게 아니었는데. 새사람 들어온다고 비켜줬더니 이 꼴이 뭐람. 차라리 지네들더러 나가 살라고 했더라면 나았을걸.”

삼촌이 결혼한다는 소리가 나자, 엄마가 제일 먼저 한 것은 분가를 위해 집을 장만한 일이었다. 누가 손위 시누이와 그 딸까지 한집에서 살고 싶어 할 거냐면서, 엄마는 염치부터 먼저 차렸다. 십 년 넘게 부모에게 얹혀살았다는 자격지심이 작용한 탓이었을 것이다. 할아버지와 할머니는 이 넓은 집에서 굳이 그럴 필요가 있겠느냐고 말렸지만, 삼촌은 가타부타 말이 없었다.

우리 짐이 소형 트럭에 실려 나가자, 할아버지는 나를 끌어안고 뺨에다 입을 맞추었다.

"우리 강아지 보고 싶어서 어찌 사누? 네 방을 그대로 놔둘 테니 언제든지 오너라."

고개를 끄덕이는데 내 눈가에 어린 눈물로 모든 사물이 더욱 선명해지면서 흔들렸다. 마당의 한쪽 구석에 매달린 그네, 내 방 앞의 작은 툇마루, 연못 옆에 놓인 의자들, 그리고 외가 식구들. 그 모두와 헤어져 엄마와 단둘이 살아야 한다는 것은 생각만 해도 쓸쓸했다. 하지만 새로 들어올 사람을 위해서 그런 것쯤은 참아야 한다고 엄마는 은연중에 내게 가르쳤다.

삼촌의 결혼식 날, 하얀 웨딩드레스를 끌며 부케를 들고 식장으로 들어서는 아름다운 신부를 보면서 내 마음은 복잡해졌다. 질투심과 부러움과 호감. 그런 감정들이 뒤섞여 나는 신부를 편안하게 바라볼 수 없었다. 신부는 신혼여행을 떠나기 전에 하객들에게 인사를 하면서 특별히 내게 활짝 웃어 보였다. 입 끝이 위로 살짝 올라가면서 보조개와 함께 희고 가지런한 이가 드러나는 웃음. 그만 나도 모르게 어정쩡하게 따라 웃고 말았다. 외가에 새로 들어올, 엄마와 나의 자리를 차지하게 될 그녀가 내게 매혹적으로 웃어주었다는 이유로 나는 그녀가 좋아져 버렸다.

숙모는 과일을 깎은 접시를 들고 마루로 나왔다. 이제부터 본격적으로 부엌일을 할 생각인지 앞치마까지 두르고 있었다.

"송화야, 과일 먹어. 참, 아이스크림 줄까? 어젯밤에 삼촌이 종류별로 사 왔어."

숙모는 내 대답도 듣지 않고 주방으로 갔다. 그러고선 금방 딸기 아이스크림과 바닐라 아이스크림을 담은 그릇을 내 앞에 내놓았다. 좀 전의 우울한 기분은 완전히 다 털어낸 듯한 얼굴이었다.

"삼촌은 여전히 아이스크림을 좋아하시나 봐요?"

"그럼. 꼭 저녁 먹고 난 뒤 디저트로 아이스크림을 찾지."

숙모가 참외를 포커에 찍어 엄마에게 내밀었다. 엄마는 그걸 받아 들고는 그제야 생각난다는 듯 물었다.

"아침 식사들은 한 거야?"

"아뇨, 아직."

아무렇지도 않은 듯 숙모는 씩씩하게 대답했다. 엄마는 입으로 가져가던 참외를 도로 접시에 놓고는 말했다.

"아니, 지금 몇 신데? 생신날 아침도 굶으시게 하고……. 올케가 할 도리는 해야 하잖아. 물론 우리 엄마, 쉬운 분이 아니신 줄은 알아. 하지만 어떡해?"

"그럴 겨를조차 안 주시는걸요. 아침 일곱 시에 생일상 안 차려 놓았다고 화를 불같이 내고는 바로 나가 버리셨어요. 그런데 뭔 수로 아침을 드시게 해요? 도리를 하려고 해도……. 괜히 저만 나쁜 사람 되잖아요."

시누이 노릇 하려 들다가 엄마는 숙모 앞에서 더 이상 입도 벙긋하지 못하는 꼴이 되고 말았다. 얼굴이 발갛게 달아오르는 엄마를 나는 옆에 두고 볼 수 없었다. 갑자기 호들갑을 떨며 나는 장식장 앞으로 다가가서는 크리스털로 된 청둥오리 한 쌍을 가리켰다.

"아, 진짜 예쁘다. 선물 받으신 거예요?"

"응. 이번 스승의 날에. 우리 반 학부형이 여행 다녀오면서 사온 거란다. 예쁘지?"

숙모는 잔소리해대는 시누이 따위는 안중에도 없는 얼굴이었다. 그녀는 장식품들을 이것저것 가리키며 선물 받은 거라고 내게 자랑을 늘어놓기 시작했다. 나는 옆에서 감탄사를 적절히 넣어가며 장단을 맞추었다. 엄마는 아무 말 없이 깎아놓은 참외를 우적우적 씹었다. 아무렇지도 않은 듯했지만, 우리 사이에는 어색한 기류가 흘렀다. 그것을 더 이상 방치할 수 없다는 듯, 할머니가 툭 한 마디 던지면서 집 안으로 들어섰다.

"왔냐?"

심드렁한 얼굴을 한 할머니 뒤를 따라 삼촌이 안경을 손등으로 치켜올리며 들어왔다. 갑자기 실내 공기가 싸늘해지면서 침묵이 흘렀다. 침묵은 납덩이처럼 우리 모두를 누르면서 바닥으로 가라앉았다. 견디다 못해 내가 나섰다.

"할머니, 생신 축하드리려고 왔어요. 마침 일요일이라서 잘됐네요."

"잘되긴 뭐가 잘 돼? 해마다 오는 생일이 뭐 대단한 날이라고."

'뭐야, 숙모와 싸운 분풀이를 이제 내게 하시겠다는 거야? 그래도 오늘은 생신이라기에 억지로 참고 말을 붙였더니 정말 어이가 없네. 그러니 왕따당하시지, 흥.' 나는 발끈해져 더 이상 할머니를 보지도 않았다.

"올케, 상 차리지? 점심이라도 일찍 드시게 해야지. 하여튼 우리 엄마, 누가 말려? 아버지가 지하에서 그러시겠다. 내가 없으니 하루도 집안이 편할 날 없다고."

엄마는 주방으로 들어가는 숙모에게 잠시 시선을 주더니 할머니에게 투정 부리듯 말했다. 하지만 이럴 때 엄마가 할아버지 이야기를 꺼낸 건 적절치가 않았다. 할머니에게 신세타령을 할 빌미만 만들어 준 셈이었다.

"조옿겠다, 이 꼴 저 꼴 안 보고 땅속에서 혼자 편안하게 누워 있으니. 뭐가 급하다고 그렇게 빨리 가서는 내 신세를 요 모양으로 만들어 놓았냐 말이다. 생각하면 할수록 괘씸한 생각이 들어. 한의사라면서 왜 자기 몸 관리는 제대로 못 했을까? 칠칠찮은 양반. 아직도 할 일이 얼마나 많이 남았는데 나한테 다 미루어 놓고 자기는 두 다리 뻗고 누워……."

한탄 조로 시작되고 있는 저 사설이 언제쯤 끝이 나려나? 여전히 머리는 빨간색을 유지하고 마루 한가운데 퍼더버리고 앉아 자신의 생일에 신세타령을 하는 할머니를 보고 있기가 딱해 나는 예전의 내 방으로 피해 갔다.

내 방을 그대로 놔두겠다고 약속한 할아버지가 안 계신 탓일까? '공주님 방'이라고 부르던 곳이었건만 이제 아기자기하고 예뻤던 흔적조차 찾기 힘들었다. 방은 온갖 잡동사니들을 보관하는 창고로 변해 있었다. 나는 한쪽 구석에 자리를 만들어서는 몇 권의 책을 베개로 삼아 누웠다. 마루에서는 할머니와 엄마가 나누는 이야기 소리가 간간이 들려왔다. 그 소리들은 점차 내 귓가에서 나른하고 희미하게 울려왔다. 나는 졸음이 오는 눈을 껌뻑거리다가 여전히 벽 한쪽에 붙어 있는 개구리 그림을 발견했다. 그 그림은 내가 초등학교 1학년 때 그린 것이었다.

아이들은 사진을 책상 위에 꺼내놓았다. 우리 아빠, 엄마, 언니, 동생……. 사진을 들여다보며 아이들은 서로 옆 아이에게 설명하느라 시끌시끌했다.

"쉿, 조용. 지금 누가 우리 교실 옆으로 지나가면 개구리들이 개굴개굴하는 줄 알 거예요. 자, 가족사진들 다 가지고 왔죠? 사진을 도화지에 붙이고 가장자리를 예쁘게 장식한 다음, 각자 가족들에 관한 자랑을 해 봐요."

엄마와 둘이서만 찍은 사진을 나는 도저히 꺼낼 수가 없었다. 아이들이 사진의 가장자리를 장식하는 동안, 나는 도화지에 개구리를 그렸다. 아빠 개구리, 엄마 개구리, 언니 개구리……. 내 옆을 지나가던 선생님이 깜짝 놀라며 도화지를 들고 아이들에게 보여주며 말했다.

"호호, 선생님이 잠시 개구리 이야기를 했더니, 이렇게 개구리를 그린 친구가 있어요. 도화지에는 개구리를 그리라는 게 아니라 사진을 붙이고 장식하는 거예요. 알았죠?"

깨굴깨굴, 아이들은 개구리 소리를 내며 나를 조롱하듯 웃었다. 웃음소리가 가라앉자 선생님은 내게 사진을 꺼내라고 했다. 차마 꺼내 보일 수 없어서 고개를 흔드는데 내 눈에서 눈물이 그렁그렁 괴었다. 선생님은 잠시 난감한 기색을 보이더니 내 알림장에 직접 써주었다. '준비물을 잘 확인하고 챙겨서 보내주세요.' 알림장을 발견한 엄마가 나를 다그쳤다. 왜 준비해 간 사진을 내놓지 않았느냐고. 나는 결국 울먹거리며 대답했다.

"둘이잖아, 가족이 둘밖에 없는 애는 나밖에 없었어."

"그게 뭐가 어때서? 가족 수가 많을 수도 있고 적을 수도 있지. 앞으로도 누가 가족에 관해 물으면 당당하게 말할 수 있어야 해. 그렇지 않으면 우린 이렇게 개구리가 되어서 남에게 웃음을 사는 거야. 꼭 명심해야 한다."

엄마는 이렇게 말하면서 내 그림을 벽에다 붙였다. 하지만 그 그림은 내게 명심해야 할 사항으로 여겨지기보다 부러움의 대상이 되었다. 우리도 저 개구리들처럼 좀 더 완전해 보이는 가족을 만들 수 없을까? 둘이란 숫자는 언제 하나로 남을지 모르는 불안함을 늘 안고 있다. 가족의 수가 힘의 상징처럼 내게 여겨졌다.

누리끼리한 가운 속에 갇혀 홀아비 냄새를 풍기는 약사 아저씨가 조제실 벽에 걸린 가족사진 속에서는 당당하게 보이는 것도 아마 가족 수 때문일 것이다. 약간 벗겨진 이마와 앞으로 나온 배와 땅딸막한 몸집이 사진 속에서는 놀랍게도 위엄과 권위의 상징으로 비쳤다. 아내와 아들과 딸에게 둘러싸인 사진이 갑자기 그를 달라 보이게 해서 당황스러웠다. 하기야 내게는 그림 속의 개구리 가족이 다 부러웠을 지경이니까 지극히 당연한 일이었는지도 모르겠다.

그는 지금쯤 흔들리는 차를 타고 노모를 만나러 가고 있겠지? 혼자서 보낸 지난 몇 개월의 외로움과 쓸쓸함을 노모와 마주 앉아서 달래고 돌아오면 그가 가족을 기다리는 일이 한결 쉬워지리라고 믿는다.


미역국 냄새가 온 집 안에 진동하기 시작했다. 자신의 생일상을 이른 아침부터 차려놓지 않았다고 투정 부리던 할머니의 심사가 이젠 가라앉았을까? 밀려오는 졸음을 감당하지 못해 나는 결국 눈을 감았다.

빨간 딸기 무스케이크에 엄마가 초를 꽂는다. 하나, 둘, 셋…… 여섯. 옆에서 할아버지가 낮은 목소리로 말한다. 내년부

턴 꼭 네 할미한테 생일상 차려 달라고 해라. 할아비가 깜빡 잊고 있어서 미안하다. 할아버지의 입술이 내 볼에 간지럽게 와 닿는다. 그러자 케이크 위에서 촛불도 팔락거리며 볼과 입술을 간질인다. 더 이상 참지 못하고 나는 입을 둥글게 내밀어 바람을 만든다. 후우, 바람이 인다. 바람은 촛불 여섯 개를 한꺼번에 끈다. 그러고는 무서운 속도로 빠르게 회오리를 일으키며 케이크를 내 입안으로 마구 밀어 넣는다. 달콤한 맛이 금방 진득하게 입안에 달라붙으며 목구멍을 틀어막는다. 나는 케이크를 뱉으려 안간힘을 쓴다. 캑캑, 소리를 내는데 옆에서 할머니의 목소리가 들린다. '생일상은 무슨……. 케이크도 아깝다. 내 딸 신세 망친 걸 생각하면…….'

"끌끌, 그새 잠이 다 들었구나."

눈을 번쩍 뜨자, 갖가지 색의 클립을 만, 붉은 머리통이 나를 내려다보고 있었다. 나는 도로 두 눈을 꼭 감아 버렸다.

"일어나. 웬 낮잠이냐? 할미 생일이라 와놓곤 냅다 잠만 퍼질러 잘 거냐?"

"그 클립부터 좀 푸세요. 마귀할멈인 줄 알았잖아요. 무슨 클립이 그렇게 컬러풀해요? 정말 요란하기도 하네."

나는 아직도 잠에서 덜 깬 음성으로 할머니 대신 머리에 말고 있는 클립에다가 못마땅한 감정을 풀었다.

"하이고, 고년. 별걸 다 가지고 시비네. 어서 일어나기나 해."

몸을 일으키자 딱딱한 책을 베고 잔 탓인지 목 주위가 뻐근하게 아팠다. 나는 목을 손으로 문지르다가 다시 할머니를 보았다. 킥킥, 참고 있던 웃음이 터져 나오고 말았다. 빨간 머리에 매달린 총천연색의 클립들과 꽃무늬가 화려하게 장식된 블라우스와 레이스를 층층이 단 캉캉치마. 육십 대의 할머니가 한 치장치고는 너무나 요란했다. 일부러 분장이라도 한 것 같았다.

"할머니, 어디 출연하세요?"

"아직 잠이 덜 깼냐? 나이가 들수록 화려한 색 옷을 입어야 해. 뭘 모르면서 쬐끄만 게 할미를 놀리려고 들어. 나와서 점심이나 먹어."

할머니는 샐쭉한 얼굴로 입을 비죽거리고는 방을 나갔다. 어처구니가 없었지만 나는 할머니를 뒤따라 곧 마루로 나갔다.

마루 한가운데 상이 놓여 있었다. 상 위에 차려놓은 음식들은 그새 엄마와 숙모가 얼마나 바쁘게 움직였는가를 한눈에 보여주었다. 상을 둘러보는 할머니는 아침부터 시위를 벌인 보람을 톡톡히 맛보는 듯했다. 벙실 벌어지는 할머니의 입을 보니 덩달아 내 입도 벙긋해졌다.

"송화야, 많이 먹고 훌쩍 커라."

할머니가 기분이 좋아져 기껏 나를 생각한다고 하는 말이 또 내 속을 긁어놓았다. 키와 관계되는 이야기가 나오면 내게 거의 알레르기 반응이 일어난다는 걸 알 리가 없으니, 할머니를 굳이 탓할 건 없다. 나도 애써 환한 표정을 짓고는 목소리를 한 톤 높였다.

"할머니, 건강하게 오래오래 사세요. 생신 축하드려요."

좀 더 기발한 멘트를 사용하면 좋았으련만……. 금방 떠오르지 않아 나는 지극히 평범한 축하 인사말을 했다.

"오냐, 고맙다."

삼촌이 와인 병 코르크 마개를 몇 번의 시도 끝에 겨우 따서 할머니의 잔에 따랐다. 그러고선 우리 모두에게도 한 잔씩 따라 주었다.

"자, 건배! 엄마의 만수무강을 위하여."

높이 든 잔들이 챙그러렁, 소리를 내며 부딪치자 붉은색의 포도주가 찰랑거렸다. 아침에 시작된 분쟁은 이제 완전히 타결된 걸까? 나는 상에 둘러앉은 사람들의 얼굴을 하나씩 살펴보았다. 분쟁의 당사자들인 할머니와 숙모의 얼굴은 비 갠 하늘에서 쨍하게 햇빛이 나는 것처럼 환했고, 엄마와 삼촌의 얼굴에는 낮은 구름이 엷게 드리워져 있었다. 왜 이런 얼굴들을 하는지 나로서는 참으로 알 수 없는 일이었다. 하지만 그 이유를 굳이 알고 싶지 않을뿐더러, 무엇보다도 내 앞에는 맛있는 음식들이 즐비해 있기에 일단 먹기부터 했다. 한동안 수저 놀리는 소리와 음식물 삼키는 소리만이 조용히 들리는데 느닷없이 창문을 똑똑 두드리듯이 할머니가 숙모에게 말을 걸었다.

"그 속눈썹, 말이다. 그거 어디서 했냐?"

다들 바쁘게 움직이던 수저를 잠시 멈추고 숙모의 눈으로 시선을 집중시켰다. 그러고 보니 숙모의 속눈썹은 한결 촘촘하고 길어져 눈이 크고 선명해 보였다. 숙모는 아주 잠깐 어이가 없는 표정을 짓더니 이내 생글거렸다.

"괜찮아 보여요, 어머니? 학교 앞에서 했어요. 새로 개업한 곳이라 요즘 세일 하거든요."

"그래? 준아, 거기 한 번 날 데려다 다오."

삼촌은 대답 대신 피시식 웃고는 말했다.

"못 말리셔, 증말. 졌다, 졌어."

"그래서 데려가 주겠단 말이야, 아니야?"

할머니는 잡채를 집어 올리다가 도로 젓가락을 놓고는 정색하고 물었다.

"아, 알았어요."

삼촌은 할머니와 눈도 맞추기 싫은지 국그릇을 들어 올렸다. 그가 천천히 국물을 넘기는 소리가 이상하게도 내게 묘한 슬픔을 자아내게 했다. 나는 그의 옆얼굴을 슬쩍 보았다. 내 감정 따위와는 거리가 먼, 덤덤한 얼굴을 하고 있었다. 나도 국을 떠 입안으로 흘려 넣어보았다. 미역의 짭조름한 맛이 입속에서 돌면서 좀 전의 슬픈 느낌이 그대로 살아났다.

유월의 뜰에는 푸르고 윤기 도는 나뭇잎들과 무성하게 자란

풀들로 초록의 향연이 벌어지고 있다. 나무들은 녹음을 짙게 드리우고 활짝 피어난 꽃들은 속살까지 환히 드러냈다. 눈이 가는 곳마다 싱싱한 기운이 넘쳐났다. 가게 뒤편에 딸린 열 평 안팎의, 어두침침하고 습한 그곳과 얼마나 대조적인가? 거기 아니면 우리 모녀가 살 데는 이 세상 어디에도 없는 걸까? 잠시 생각을 멈추라는 듯, 어디선가 푸르고 서늘한 바람 한 줄기가 지나갔다. 풀냄새에 섞여 쌉싸래한 한약재 냄새가 바람에 흔들리듯 코끝에 다가온다. 할아버지의 영혼이 가까이 있는 걸까?

"송화야, 이쪽으로 봐. 당신은 약간 고개를 숙이고."

삼촌은 연방 소리를 쳐가며 이리저리 셔터를 눌러댔다. 마당 한가운데 놓인 의자에 할머니와 엄마가 앉고, 그 양옆에 숙모와 내가 섰다. 외가 식구들까지 다 합한 가족사진을 찍느라 나는 부동자세를 계속 취해야 했다. 짙은 구름을 헤치고 햇볕이 제법 따갑게 쏟아져 내렸다. 얼굴 위를 일렁이는 햇살에 눈을 가늘게 뜨고 이마를 찌푸렸다. 오랜만에 나를 아는 체하는 해에 투정이라도 부리듯이…….

사진을 찍는 것으로 할머니의 생신 잔치는 마침내 끝이 났다. 엄마와 나는 외가를 나와서 왔던 길을 되짚어갔다. 길고도 긴 해 때문에 사방은 여전히 훤했고, 우리는 마치 지옥으로 향한 길을 가듯이 내키지 않는 걸음으로 좁고 음습한 그곳을 향해 갔다. 화사하게 펼쳐졌던 파라솔이 얌전히 접혀 손지갑과 함께 엄마의 한쪽 손에 들려 있었다. 바지 주머니에 양손을 넣고 나는 엄마 뒤를 따라갔다. 너무 무료해서 휘파람이라도 불어보려고 했지만, 입 주위의 근육을 움직일 힘조차 없었다.

지하철이 큰 소리를 내며 달려와 우리를 싣고 본래 자리로 순식간에 옮겨 놓았다.

"친정이라고 가도, 네 할아버지가 안 계시니……. 휴우."

엄마는 정작 하고 싶은 말은 생략하고 한숨을 내쉬었다. 한숨 끝에 묻어나는 엄마의 외로움이 내게 금방 전염되었다. 나는 엄마의 손을 잡았다. 세상에 의지할 데라고는 서로밖에 없다는 것을 새삼 확인이라도 하듯 엄마의 손이 내 손을 꼭 잡아 왔다. 허허벌판에 선 두 그루의 나무 같은 우리에게 누군가 말을 붙여왔다.

"이제 다녀오십니까?"

바람이 조금씩 빠져나가는 듯한, 약간 쉬고 낮은 목소리였다. 그 목소리는 해가 막 지기 시작하려는 저녁 공기를 흔들며 조용히 다가왔다. 양손에 쇼핑백을 들고 약사 아저씨가 우리 뒤를 따라오고 있었다. 엄마가 돌아보며 인사를 하는 동안 나는 쇼핑백을 유심히 보았다.

"이거? 밑반찬 몇 가지랑 김치야. 필요 없다는데도 하도 싸주시기에……."

아저씨는 계면쩍은 듯이 말했다.

"혼자 지내시니까 걱정되시겠지요."

엄마도 아저씨가 걱정스럽다는 얼굴로 말했다.

"그래도 저는 아직 젊었으니까 괜찮습니다. 연세 많은 어머니가 혼자 계시니 걱정이지요. 살고 있는 집을 절대로 떠나지 않겠다고 막무가내로 고집을 부리시니 무슨 방도가 있어야지요. 게다가 이젠 정신도 조금씩 흐려지시고……. 이래저래 걱정이 많습니다."

본가를 다녀온 아저씨, 친정을 다녀온 엄마, 외가를 다녀온 나. 다들 근심을 한 줌씩 더해서 돌아온 것 같았다.

하루 종일 어둠 속에 갇혀있던 텁텁한 공기들이 문밖으로 한꺼번에 달려 나올 기세였다. 스위치를 올리자 희끄무레한 형광등 불빛 아래서 우리 모녀가 오늘 아침 서둘러 여기를 떠난 흔적들이 드러났다. 엄마는 그것들을 치우는 것으로, 나는 책상 앞에 앉아 책을 펴는 것으로 현실로 돌아왔음을 인정하려 했다. 푸른 나무와 만개한 꽃과 진수성찬이 차려진 식탁. 하지만 결코 즐겁거나 안락하지 않았던 그곳의 기억을 빨리 지우고 나는 밀린 공부를 해야 한다, 엄마가 밀린 집안일을 하듯이. 세탁기가 돌아가는 소리, 엄마가 저녁 식사를 준비하는 소리, 내가 책장을 넘기는 소리. 그 소리들 사이로 강물이 흘러가듯 시간이 조용히 지나가는 소리가 났다. 나는 벽시계 대신 창에 시선을 주었다. 하루가 다 저물었음을, 머잖아 안식의 시간이 찾아오리라는 걸 알려주는 푸르스름한 이내가 창밖에 내리고 있었다.

# 아저씨의 외로움

수행평가를 위한 과제들이 산더미처럼 쌓였다. 차라리 좀 더 일찍 시작해서 끝나게 하면 좋을 텐데, 꼭 시험공부 할 때와 겹친다. 과제물들 속에서 허우적거리다가 보니 머릿속이 폭발하기 직전의 화산처럼 끓어올랐다. 나는 머리를 식히기 위해 '틀린 그림 찾기' 사이트로 들어갔다. 게임을 나도 모르게 너무 오랫동안 할까 봐 타이머로 시간을 맞추어 놓는 것도 잊지 않았다.

나무에 기댄 다람쥐와 그 앞에 쌓인 도토리와 사슴의 그림이 양쪽으로 떴다. 빠른 속도로 나는 클릭 한다. 새로운 그림들이 연방 떴고 마우스를 잡은 내 손에서는 거의 신기가 느껴질 정도다. 두 눈이 뻑뻑하고 목덜미가 뻐근해져 왔다. 삐리릭, 호들갑을 떨며 타이머가 삼십 분이 지났음을 알려왔다. 나는 아쉬워하며 화면에서 쉽게 눈을 떼지 못했다. 그러다 올라온 글 하나가 내 시선을 끌었다.

　-바다에서 실종된 아버지를 어머니는 아직도 기다리고 계십니다. 살아서 집으로 돌아오실 것이라 믿기 때문에 어머니는 집을 비울 수가 없답니다.

　쓴 사람의 닉네임이 기러기, 약사 아저씨다. 아무리 그렇기로서니 이런 글을 여기에다 왜 올리는 걸까? 순간 이해할 수 없었지만, 아저씨라면 그럴 수도 있을 거라는 생각이 들었다. 그가 가슴 속에 담아둔 말을 누구에게 하겠는가? 내가 아는 한, 그의 주변에는 아무도 없다. 그는 스물네 시간 약국에 갇혀 오로지 그의 고객들만 상대하니까. 그러니 이렇게라도 꺼내놓아야 숨 쉬고 살아갈 수 있지 않을까? 그가 몹시 딱하게 여겨졌다.

　나는 하품을 크게 하고는 기지개를 쭉 켰다. 그런 다음 다시 공부하려고 해도 자꾸만 그의 글이 생각났다. 바다에서 실종되었다고 해서 꼭 바다에서 일하는 직업을 가진 건 아닐 테지. 언제 실종된 걸까? 그의 어머니는 밖을 나가지 않고 항상 집을 지키는 걸까? 그런데 지금 내가 뭐 하는 거야. 미쳤어. 괜한 것들이 왜 궁금해지는지. 엉뚱한 생각에 빠져드는 자신이 한심해서 나는 주먹으로 머리를 몇 대 쥐어박았다.

　"송화야, 일회용 밴드."

　엄마는 집게손가락을 휴지로 꼭 누르고는 안으로 들어왔다.

　"엄마, 베었어? 잠깐만."

약품 상자를 아무리 뒤져도 일회용 밴드는커녕 일반 반창고도 없었다. 소독약을 찾아놓고 나는 약국으로 뛰어갔다. 문을 드르륵 열자, 컴퓨터 앞에 앉아 있던 아저씨가 얼른 몸을 일으켰다.

"게임 하세요?"

"아니다. 메일을 확인하느라……. 그런데 웬일이냐?"

그가 가족들에게 보낸 메일들은 여전히 수신 확인이 되지 않은 상태임이 확실했다. 좀 더 내려간 눈꼬리와 입매, 그리고 무엇보다도 얼굴 전체를 뒤덮은 그늘로 봐서 틀림없다. 아이들 같으면 두 다리를 뻗대고 한바탕 울음을 터뜨리기라도 했을 얼굴이었다. 도대체 그의 가족들은 어떻게 된 걸까? 어떤 사람들이기에 그를 저렇게 내팽개쳐 둘 수가 있단 말인가? 괜히 나까지 화가 났다.

"일회용 밴드 주세요. 엄마가 손을 다치셨어요."

"자, 이게 더 나을 게다. 습윤 드레싱제인데 상처가 더 빨리 아물지. 흉터도 덜 생기고."

그는 조그만 곽을 하나 꺼내놓고는 또 설명을 덧붙였다.

"우리가 일반적으로 상처는 건조해야 잘 낫는다고 생각하는데, 그게 아니란다. 촉촉해야 한대. 세포 증식이 잘 되는 수분 상태에서 흉이 덜 남고 잘 아문다는 거야. 이거는 상처 부위의 진물을 적절히 유지해 세포 재생 인자를 효과적으로 활용해 낫도록 하는 거지."

밴드 하나 팔면서 이렇게까지 상세하게 설명할 필요가 있을까, 하는 생각이 들었다. 그러다가 무슨 말이든 하지 않고는 못 견딜 것 같은, 그의 얼굴이 눈에 들어오자 나는 고개를 끄덕거렸다.

"그럼 더 비싸겠네요?"

"그야 그렇지. 근데 송화한테는 일반 일회용 밴드값만 받을게. 상식적으로 알아두라고 한 소리야."

"몇 배나 더 비싼 걸 그렇게 받으시면 손해 보고 파시는 거잖아요?"

나는 일부러 눈을 동그랗게 뜨고 좀 과장된 표정을 지었다. 그러자 그는 너털웃음을 터뜨리고는 말했다.

"그래, 엄청 손해를 보는 거다. 하지만 송화 덕분에 웃었으니까, 그 값을 다 받은 셈이지. 어쨌든 이 아저씨를 생각해 주는 사람은 송화밖에 없다니깐."

그는 기분이 좀 나아져서 한 소리였지만 처량하게 들려서 가슴이 아팠다. 나는 그를 향해 일부러 활짝 웃어주고는 약국을 나오려다가 그제야 생각이 나서 물었다.

"근데요, 아저씨의 아버진 바다에서 일하셨어요?"

뜬금없는 질문에 그는 잠시 멍한 표정을 짓더니 대답했다.

"멋진 선장이셨어. 그런데 너는 어떻게 알고……."

"아저씨한테서 바다 냄새가 나는걸요. 아저씬 바다를, 아버지를 그리워하시고 있는 게 느껴져요."

아뿔싸, 어쩌자고 이런 황당한 거짓말을……. 시작하고 보니 내 말에 취해 자꾸만 엉뚱한 소리를 더 보태고 있었다. 주워 담을 수도 없어 나는 뒤늦게 난감한 표정을 지으며 수습하려 했지만 이미 때는 늦었다. 그의 입가에서 웃음인지, 울음인지 모를 애매한 경련이 일어났다. 당혹스러워하는 나를 위해서 때맞춰 손님이 와주었다. 뚱뚱한 배를 내밀면서 안으로 들어오는 남자의 옆으로 비켜서면서 나는 재빨리 자리를 내주었다.

"저어, 소화제……."

나는 뒤도 돌아보지 않고 재빨리 집으로 돌아왔다.

"밴드를 만들러 간 줄 알았다. 그깟 밴드 하나 사 오는데, 뭐가 그렇게 오래 걸리니?"

엄마는 여전히 휴지로 손가락을 감싸고 있었다.

"특별히 대단한 밴드를 사 오느라 시간이 좀 걸렸지. 이건 상처도 빨리 아물고 흉터도 잘 안 생기는 거래. 촉촉한 상태를 유지해야 빨리 낫는대."

나는 엄마의 손가락에 밴드를 감아주며 그가 한 말들을 옮겼다.

"하이고, 그 약사 양반이 네게 완전히 강의하셨나 봐?"

"엄만, 참. 덕분에 내게 새로운 상식이 하나 더 늘었잖아? 고맙게 생각할 일이지."

밴드를 감고 가게로 도로 나가려는 엄마의 등 뒤에 대고 나는 그를 두둔했다. 약국을 나올 때의 그의 얼굴이 떠올랐다. 내가 너무 심했나? 놀림을 당한 거라고 그는 여기지 않을까? 나는 고개를 저었다. 어쩌면 평소에 내가 그렇게 생각했는지도 몰랐다. 좀 전의 그 표정을 보면, 그도 나처럼 아버지를 기다리고 있었음이 분명했다. 오래전 바다에서 실종된 아버지, 태어나서 단 한 번도 얼굴을 보여준 적이 없는 아빠. 둘 다 앞으로 만날 가능성이 없는 건 마찬가지 아닐까? 그런데도 기다리는 걸 멈출 수가 없어 괴롭고 힘이 든다. 나는 속에 있는 것들을 전부 다 털어 내놓을 듯 숨을 천천히 내쉬었다. 몇 번의 심호흡 끝에 내 마음은 안정을 찾아갔다.

과제물들을 빨리 처리해 놓아야만 시험공부에 전념할 수가 있다. 나는 과목마다 아직 덜된 것들을 찾아내어 하나씩 해나가기 시작했다. 하지만 아이들에게서 끊임없이 걸려 오는 휴대폰 때문에 나는 자꾸만 방해받았다.

애들이 수업 시간에는 도대체 뭘 했기에 이렇게 자꾸만 물어보는 걸까? 더 이상 휴대폰을 받고 있을 시간이 없어서 나는 전원을 끄고 말았다. 하지만 휴대폰이 잠잠해지자 갑자기 나 혼자 어디 외딴곳에 떨어진 기분이 들었다. 나는 이미 꺼진 휴대폰을 자꾸만 만지작거리면서 외로움을 달랬다. 아빠 없다고 해도 동생이나 언니나 오빠라도 있으면 좋을 텐데. 엄만 어쩌자고 나 혼자만 세상에 내놓았단 말인가. 어릴 때 놀이터에 나가도 늘 혼자였던 기억이 새삼 떠오른다.

"애, 저리 비켜. 내 동생 자리야."

나보다 훨씬 큰아이가 나타나 밀치면 별수 없이 어디서든 자리를 양보해야 하곤 했다.

"우리 언니한테 일러줄 거야."

"우리 오빠가 얼마나 주먹이 센데……. 가만히 안 둘 거야."

질 것 같으면 언니나 오빠의 힘을 등에 업고 위협하는 아이들 때문에 나는 안간힘을 다해 싸워 이겨도 소용이 없었다. 견디다 못해 나는 엄마에게 떼를 썼다.

"나도 언니나 오빠를 구해 달란 말이야. 만날 나 혼자야. 아님, 동생이라도 하나 낳아줘."

엄마가 뭐라고 대답도 하기 전에, 옆에서 듣고 있던 할머니가 버럭 소리 질렀다.

"떼를 쓸 걸 써야지. 아무리 어리지만 그렇게도 눈치가 없어? 늬 엄마 신세를 너 하나가 망친 것도 모자라서……. 더 보태 달라고? 주제넘은, 그딴 소리 한 번만 더 했다간 봐라. 눈물이 쏙 빠지도록 혼찌검을 내줄 테다."

"엄만, 애한테……."

엄마의 말이 채 끝나기도 전에 나는 품속으로 파고들며 울음을 터뜨렸다. 서러움에 겨워 어깨까지 들썩거리며 울다가 나는 엄마에게 물었다.

"주제넘은, 무슨 뜻이야? 나한테 동생이나 언니가 생기면 그렇다는 거야?"

"아냐, 아냐. 할머니가 말씀 잘못하신 거야."

엄마는 고개를 흔들며 강하게 부정했지만, 나처럼 아빠 얼굴도 모르는 애는 형제를 가지는 것이 주제넘은 일이라고 혼자 단정 지었다. 그때부터 내게는 아빠처럼 형제라는 단어도 입에 올리면 안 되는 금기 종목에 해당했다.

학원 게시판에 영어 레벨 테스트 결과가 붙은 걸 보았다. 상위 반으로 올라가 있었다. 그 반은 아마 고등학교 2학년이나 3학년이 대부분일 것이다. 앗싸, 엄마한테 자랑해야지. 나는 신나서 집을 향해 달렸다.

가게 문을 밀치고 들어서는 순간, 뭔가 심각한 기류가 흐르는 걸 직감했다. 나는 먼저 눈으로 엄마부터 찾았다. 카운터에 앉은 엄마와 그 앞에 서 있는 남자. 남자의 큰 키와 곧은 등, 긴 다리가 한눈에 들어왔다. 약간 광택이 도는 짙은 회색 바지와 연분홍 셔츠를 입은 남자의 옷맵시가 돋보였다.

"식사 대접하고 싶은데요. 시간 한 번만 내주세요. 꼭 사례 드리고 싶습니다."

남자는 엄마에게 작업을 걸고 있는 듯했다.

"아녜요, 물건 주인을 찾아주는 게 당연하지요. 고마워하실 필요 없으세요."

"그래도 저로서는 그게 아닙니다. 이태리 요리 좋아하세요?
이 근처에 이태리 요리를 전문으로 하는 레스토랑이 새로 생겨
서……."

낮으면서 약간 젖은 듯한 목소리가 제법 호소력을 지녔다. 혹
시 저 남자는 바람둥이 아닐까? 어느 정도까지 엄마에 대해 아는
걸까?

"엄마, 나 레벨 업 됐어. 드디어 최상급 반이야."

분위기를 깨기로 작정한 탓인지 내 목소리는 예상했던 것보다
훨씬 우렁차게 흘러나왔다. 뒤를 돌아보는 남자에게서 움찔, 하
는 느낌이 그대로 전해왔다. 당황한 쪽은 남자뿐 아니라 엄마도
마찬가지인 모양이었다. 잠시 아무 말도 못 하고 엄마는 입이 약
간 벌어진 상태로 나를 올려다보았다. 내가 잘못한 건가, 하는 생
각이 순간 스쳤다. 그렇다는 듯, 문이 벌컥 열렸다가 닫히는 소리
가 들렸다. 남자가 사라지고 나자, 엄마와 나 사이에 어색한 침묵
이 잠시 흘렀다.

"아끼는 만년필을 여기다 두고 가서……. 전해줬더니 자꾸만
사례를 하겠다는구나."

입안에서 웅얼거리는 듯하면서 느린 말투가 변명처럼 느껴지
는 이유는 무얼까? 그걸 툭 털어내듯 나는 높은 톤으로 빠르게
말했다.

"되게 비싼 만년필이었나 봐? 그 아저씨 돈도 엄청 많은가? 이태리 레스토랑 해 쌓는 걸 보면 말이야."

"최상급 반이란 말이지? 잘됐네."

동문서답을 하는 우리 모녀. 나는 그냥 웃었다. 그 순간에 웃는 것 말고 달리 내가 할 수 있는 게 뭐가 있겠는가? 그래서 웃었는데, 가슴이 답답했다. 나는 몇 번이고 침을 꿀꺽 삼키며 답답함을 없애 보려 했다. 그러고는 며칠 후에 있을 노래 실기시험을 위해 발성 연습을 시작했다. 아아아, 하지만 목에서 제대로 소리가 나오지 않았다. 여전히 슬픔이 내 목을 꽉 누르고 있는 모양이었다.

입안이 바짝바짝 타들어 가는 듯했다. 시험을 본다고 하니, 아무래도 긴장이 되었다. 음악 선생님이 피아노 반주를 하면서 먼저 노래를 불렀다.

성문 앞 우물 곁에 서 있는 보리수. 나는 그 그늘 아래 단꿈을 꾸었네. 가지에 희망의 말 새기어 놓고서. 기쁠 때나 슬플 때나 찾아온 나무 밑.

약간 젖은 듯한, 선생님의 목소리가 그 남자를 자꾸만 연상시켰다. 희고 긴 손가락으로 피아노 건반을 두드리는 선생님을 보면서 나는 만년필과 이태리 레스토랑과 변명처럼 들렸던 엄마의 말투와 우리 모녀 사이의 침묵을 떠올렸다. 그러고는 나도 모르게 한숨을 크게 내쉬었다.

"웬 한숨 소리야? 악보 없이 노래 부르는 게 뭐가 어렵다고. 분명히 내가 미리 말했었지? 악보 보지 말고 노래 연습하라고."

선생님 말대로 악보 없이 가창 시험을 치르는 정도가 힘들어 한숨을 쉬었다면 나는 항상 한숨을 달고 살았을 것이다. 약간 풀어헤친 남방셔츠 사이로 십자가가 은빛으로 반짝거리는 선생님의 목을 보면서 나는 엉뚱한 생각을 했다. 한숨을 쉬어야 했던 내 사정을 선생님이 알았다면 어떻게 했을까? 저 선생님은 어떤 경우에 한숨을 쉴까? 그럴 때 은목걸이도 덩달아 흔들리면서 여전히 반짝거리겠지? 이런 내 생각들을 딱 멈추게 하는 선생님의 말이 들렸다.

"자, 일 번부터 시작하겠다. 중간에서 그만하면 그치도록 해. 발성 연습은 더 이상 안 해도 되겠지?"

성문 앞 우물 곁에 서 있는 보리수…… 가사를 외우느라 웅성거리는 아이들의 소리가 마치 윙윙거리는 바람 소리처럼 들렸다. 내 가슴 속에 담아둔 말을 다 전할 수 있는, 그런 보리수가 이 세상 어딘가에 있다면. 그렇다면, 나는 세상 끝까지라도 찾아 나설 텐데. 아니, 그런 보리수를 내가 심는 게 훨씬 효율적이겠지. 시험은 착착 진행되어 바로 다음번에 내가 할 차례였다. 나는 억지로 침을 삼키고는 심호흡을 한 뒤 앞으로 나갔다.

성문 앞 우물 곁에 서 있는 보리수. 나는 그 그늘 아래 단꿈을 꾸었네. 가지에 희망의 말 새기어 놓고서…….

내 속의 말을 다 털어놓을 수 있는 보리수를 찾아 나서는 간절한 심정으로 노래했다.

"호흡 조절이 잘 됐고 감정 표현이 아주 자연스럽지?"

평소에 칭찬을 아끼는 선생님의 입에서 나온 말이니까 아마 내게 만점을 주었을 것이다. 나는 내 자리로 돌아오면서 이태리 레스토랑을 들먹이던, 키 큰 남자를 그만 잊어버리기로 마음먹었다.

음악실을 나오는데 은서가 내 팔꿈치를 툭 치면서 물었다.

"너, 성악 레슨 어디서 받았니?"

'성악 레슨이라니, 그깟 실기시험에……. 엔간히 호들갑을 떠네.' 나는 픽 웃고는 되물었다.

"그러는 넌?"

"난 우리 이모 친구한테. 음대 졸업반 학생인데, 아무래도 아직 프로가 아닌 티가 난다고 우리 엄마가 그러셨어. 그래서 다른데 좀 알아놓으려고."

곧 유학 갈 거라면서……. 괜한 호들갑을 떨기는 엄마나 딸이

어쩜 똑같을까? 놀려주고 싶은 생각에 나는 짐짓 시치미를 떼고
는 대답했다.

"그건 비밀이야. 우리 엄마가 아무한테도 말하지 말라고 하셨
어."

일그러지는 은서의 얼굴을 보면서 나는 배시시 웃었다. 뒤따
라오던 애들이 노골적으로 수군거렸다.

"채송화 쟤, 너무 치사하다. 친구 사이에 그런 게 다 비밀이
니?"

"그러니 일등을 하지. 우리를 밟고 올라서려면 어쩔 수 없나
보다."

"까짓 일등, 안 하고 말겠다."

"애는……. 까짓 일등이라니, 말은 바로 해야지. 그렇게 해서
라도 할 수만 있다면 일등 하는 게 백번 낫지. 안 그래?

졸지에 나는 일등을 위해 친구도 모른 체 하는, 의리 없는 애
가 되고 말았다. 그렇다고 이제야 농담이라고 말할 수도 없었다.
우스운 꼴이 되고 말아 나는 너무나 억울하고 속상했다. 나는 입
을 꾹 다문 채 아이들 곁을 지나 교실로 갔다. 하지만 애들은 필
요하면 내 곁으로 언제든 모여들 것이다. 시험 기간이 다가오면
안 풀리는 수학 문제나 물상 문제를 들고. 그리고 보면 필요할 때
는 나를 찾고, 그렇지 않을 때는 나를 향해 서슴지 않고 비난을
해대는 아이들이야말로 의리가 없는 게 아닐까?

교실 앞 화단에 심어진 해바라기가 바람에 흔들거렸다. 오랜만에 파랗게 갠 하늘 아래서 해바라기는 눈부시게 찬란한 빛을 한껏 내뿜으며 화려함을 뽐냈다. 그 화려함을 시샘하듯 담임 선생님은 폭이 넓은 원피스 자락을 흔들며 교실로 들어왔다. 하늘거리는 짙은 분홍색 시폰 원피스와 리본 벨트, 반짝거리는 큐빅 핀……. 아무래도 우리 선생님은 공주병에 단단히 걸린 듯했다.

"시험공부들 열심히 해. 이번엔 반 평균 까먹는 놈들이 피자 사기로 하면 어때?"

"좋아요."

"싫어요."

선생님은 교탁을 탁탁 치면서 상반되는 의견을 조절해서 다시 말했다.

"저번보다 성적이 떨어진 사람들이 사는 거로 하는 게 좋겠다."

선생님은 다시 한번 시험공부를 많이 할 것을 당부하고는, 분홍색 꽃잎 같은 치마를 활짝 펼치면서 복도 저편으로 사라졌다.

서경이 청소 당번이라 나 먼저 교실을 나왔다. 오랜만에 보는 파란 하늘에는 솜사탕 같은 흰 구름이 여기저기 떠다녔다. 놀이동산에서 엄마에게 솜사탕 사달라고 조르면서 떼썼던 어릴 적의 기억을 떠올리며 어딘가로 자꾸만 흘러가는 흰 구름을 나는 망연히 쳐다보았다. 구름을 따라 지난 시간도 흘러가고 있었다.

# 길고양이 플루토

야오옹, 고양이 소리가 푸르스름한 공기를 흔들면서 내 귓바퀴를 간질이는 듯했다. 그런데 고양이는 도대체 어디 숨은 걸까? '나 찾아 봐라' 하는 듯 또다시 야옹, 아주 작은 소리를 냈다. 고양이의 울음소리에 답하듯 나는 휘파람을 불었다. 그러자 질세라 고양이가 또 소리를 냈다. 고양이와 나는 해 저무는 거리에서 숨바꼭질이라도 하는 듯했다. 그러다 나는 약국 앞에서 휘파람 부는 것도, 걸음도 동시에 멈추었다.

"아저씨, 웬 고양이예요?"

그는 한쪽 손엔 고양이를, 다른 쪽 손엔 담배를 쥐고 약국 앞을 서성였다.

"어디서 들어왔는지, 이 건물 안을 돌아다니며 하도 울어대기에……."

"키우실 거예요?"

그는 담뱃재를 길바닥에 떨어뜨리며 고양이를 내 앞으로 내밀었다. 고양이의 흰색 털이 옅은 어둠 속에서 희끄무레하게 빛났다. 나는 손바닥으로 고양이의 등을 살짝 쓰다듬었다. 그러자 고양이는 몸통을 약간 움츠렸다.

"근데 아저씨, 고양이한테도 담배 연기는 해로워요. 담배를 피우시려면 고양이는 내려놓아야죠,"

"그러게, 이놈의 담배를 끊어야 하는데……. 혈압도 높고 심장도 안 좋다는데 계속 피워대니 나도 참 큰일이야."

그는 남 말하듯이 하고는 담배꽁초를 발로 비볐다.

"그렇다면 당장이라도 끊으셔야죠. 아직 고양이, 이름 없죠? 플루토라고 해요. 저승의 신이라는 뜻일 거예요. 담배를 피우고 싶을 때마다 얘를 보면서 참으세요. 안 그러면 저승의 신이 날 잡아간다, 이렇게 생각하시면 담배 생각이 싹 달아날걸요?"

"허허, 거참. 그래, 으스스한 기분은 들지만, 말이 되는구나. 좋아, 이제 네 이름은 플루토다. 나를 담배 귀신으로부터 지켜주어야 하는 의무가 생겼다. 알았냐?"

야옹, 고양이는 신기하게도 알았다는 시늉을 하고는 빤히 올려다보았다.

"제 이름이 맘에 드나 봐요?"

그와 나는 동시에 웃음을 터뜨렸다. 나는 다시 한번 고양이의 등을 쓰다듬어 주려 손을 뻗었다. 그때 마침 약국을 찾아온 손님이 있어서 나는 뻗었던 손을 움츠렸다. 고양이를 안고 돌아서는 그의 등이 덜 외로워 보여 조금 안심이 되었다.

야오옹, 나는 휘파람 대신 플루토의 흉내를 내었다. 어두워진 거리에서 내가 내는 고양이의 울음소리가 기괴하게 여겨졌다. 나는 걸음을 빨리해서 집으로 갔다.

"어디서 내내 고양이 울음이 들리는 것 같더니……. 넌 한동안 휘파람을 불어대더니 이젠 고양이 울음이냐? 네가 고양이야? 왜 그런 이상한 소리를 내고 다녀?"

엄마는 눈살을 찌푸리며 눈까지 흘겼다. 나는 한 번 더 고양이 울음소리를 내고는 혀를 날름하며, 엄마의 약을 올렸다.

"진짜 고양이 소리랑 구분이 안 돼? 약국에 고양이가 있단 말이야. 엄만 몰랐어?"

"웬 고양이? 약사 양반이 고양이를 키운다고? 자기 혼자 몸도 건사하기가 쉽지 않아 보이던데……. 하기야 혼자 지내는 것보다 고양이라도 옆에 있는 게 낫긴 하겠다. 얘, 그래도 시도 때도 없이 고양이가 울어댈 텐데……. 정말 싫다. 어떡하니?"

엄마는 어깨를 한 번 움츠렸다가 펴면서 미간을 찌푸렸다.

"어쨌든 아저씬 당분간 고양이를 키우시겠지. 고양이 이름이 플루토야. 내가 지어줬어."

"플루트? 부는 악기랑 이름이 똑같네. 왜 하필이면 고양이한테 그런 이름을 붙여주었니?"

엄마는 영문을 모르겠다는 얼굴을 했다.

"플루트가 아니라 플루토."

"플루토는 무슨 뜻이야?"

그냥 그런 줄 알면 될 텐데, 엄마는 무슨 일이든지 꼭 이렇게 꼬치꼬치 캐물어서 정확하게 알아야만 했다. 누가 우리 엄마 아니랄까 봐서……. 이런 점은 나와 똑같다. 저승의 신이라는 말은 엄마에게 하지 않았다. 그랬다가는 사위스럽다면서 호들갑을 떨 거니까.

"꼭 무슨 뜻이 있어야 해? 플루토. 그냥 부르기 좋고 듣기도 괜찮지 않아? 혹시 알아? 앞으로 울음소리를 플루트 소리 비슷하게 내게 될지 말이야."

"그랬다가는 해외토픽감이겠다."

"정말 플루토가 플루트 소릴 내면 좋겠다. 세계 각국 언론사와 방송사들이 몰려들겠지. 그러면 이름을 그렇게 붙여준 나랑 플루토의 사진이 나고, 우린 엄청 유명해지겠지? 대박!"

나는 그야말로 환상의 특급열차를 타고 있었다.

"얘, 얘, 거기까지. 꿈 깨라. 잘하면 앞으로 판타지 소설도 쓰겠다."

"정말? 아예 그쪽 길로 가 볼까? 조앤 롤링처럼 유명해지고 돈도 많이 벌면 좋잖아? 엄마 세계 일주도 시켜줄게."

"됐네요. 세계 일주 안 해도 되니까 아예 그딴 생각은 하지도 마. 죽자 살자 공부해서 일단 한의사가 돼야 해. 그런 다음엔 판타지 소설을 쓰든, 플루트를 불든, 상관하지 않을 거니까. 넌 지금은 오로지 공부만 할 때야."

하이고, 우리 엄마, 단단히 깊어진 저 병을 어떻게 고쳐야 한대? 즐거움이 순간 사라지고 숨통이 꽉 막혀온다. 어떤 이야기든 엄마는 항상 공부 쪽으로 몰고 가서 내가 한의사가 돼야 한다는 결론을 맺는다. 엄마의 화법은 정말 특이하다. 그러자면 엄마는 지겹고 답답하지 않을까? 고양이 울음소리도 휘파람 소리도 아닌, 한숨 소리를 크게 내고는 나는 엄마 옆에서 물러났다.

밤공기를 헤치며 플루토가 낮은 울음소리를 냈다. 마치 엄마를 잃은 아기의 울음소리처럼 처량하게 들렸다. 이상하게도 내 가슴이 메었다.

"저 울음소리 때문에 아무런 일도 손에 안 잡히네. 송화야, 자니?"

가게 문을 닫고 들어오면서 엄마는 투덜거리다가 내가 엎드려 자는 줄 알고 큰 소리로 나를 불렀다.

"안 자. 좀 피곤해서 엎드려 있었어."

"피곤해? 꿀물이라도 타 줄까? 보약이라도 한 재 먹었으면 좋겠는데……. 이젠 믿고 약을 지을 때가 없네. 할아버지가 안 계시니 이래저래 아쉬운 점이 한두 가지가 아니다."

투덜거리던 엄마의 목소리가 순식간에 기운을 잃으면서 약간 애조를 띠었다. 꼭 아쉬워서가 아니라, 그냥 계시는 것만으로 위안이 되고 의지가 되었던 할아버지.

"보약은 무슨? 잠이 바로 보약인데……."

"얘, 벌써 자려고? 좀만 더하다가 자, 응?"

엄마는 내가 공부를 안 하고 잘까 전전긍긍하는 눈치였다. 하는 척이라도 해야만 엄마가 안심하고 잠이 들 것이다. 머릿속에 쏙쏙 들어오지는 않았지만 나는 공부를 계속했다. 엄마가 침대에 누운 지 얼마 지나지도 않았는데 코 고는 소리가 낮게 들려왔다. 엄마의 꿈에서도 나는 공부하고 있겠지? 잠든 엄마를 바라보다가 나도 그 곁에 살그머니 누웠다. 꿈속에서도 아련히 플루토의 울음소리가 들렸다. 아무래도 플루토는 엄마를 잃은 모양이다. 나도 엄마를 놓치게 될까 봐, 잠결에 더듬거리며 엄마의 손을 찾아 잡았다. 약간 거칠었지만 따뜻했다. 그 온기는 나를 편안하고 깊은 잠의 세계로 이끌어갔다.

다음 날 나는 학교를 마치고 집으로 돌아오다가 약국 문 앞에서 플루토를 보았다. 내가 휘파람을 불자 움푹 팬 그릇에 처박았던 머리를 들어 올렸다. 그러고는 입가에 묻은 우유를 혀를 날름대며 닦았다.

"안녕?"

나는 머리를 한 번 쓰다듬어 주었다. 그랬더니 야옹, 소리를 내며 꼬리까지 흔들었다. 지난밤에 처량하게 울었던 것과는 완전히 딴판이었다. 약사 아저씨는 나를 보더니 담배 쥔 손을 슬며시 뒤로 감추었다.

"아저씨, 그러시지 말고 끊으라니까요."

그는 계면쩍은 웃음을 띠더니 화제를 바꾸었다.

"플루토 집 구경하고 가. 내가 어젯밤에 멋지게 만들었지."

"어디 있어요?"

나는 그를 따라 약국으로 들어갔다. 출입문 옆에 네모난 상자가 놓여 있었다. 상자 바닥엔 모래를 깔아놓고, 그 한쪽에는 조그만 통과 헝겊이 담겨 있었다. 그는 플루토를 헝겊 위에 살며시 놓았다. 플루토는 그 위에서 얼굴을 잠시 비비더니 보란 듯이 고개를 들고는 큰 소리로 야옹 하며 나를 빤히 바라보았다.

"너한테 제집을 자랑하고 싶은 모양이다."

나는 엄지손가락을 내보이며 말했다.

"최고야. 아주 멋진 집이야."

그는 껄껄 소리를 내며 웃었다. 멀리 있는 그의 가족들보다도 플루토가 그에게 웃음과 즐거움을 더 주는 게 아닐까? 나는 휴대폰으로 그와 플루토의 사진을 몇 장 찍었다. 이 사진들이 진짜 그의 가족사진일지도 모른다는 생각이 들었다.


가정 과제물을 하기 위해 인터넷을 이리저리 뒤졌다. '즐거운 주거생활, 살기 좋은 우리 집' 이라는 제목을 달고서 편리하면서도 초현대적 시설이나 개성을 갖춘 집들의 사진을 찾아 스크랩해야 했다. 세상엔 정말 예쁜 집들이 많았다. 거기에다 아주 다양한 기능과 독특한 개성까지 겸비하고 있었다. 나는 그런 집들을 보면서 내가 살았던 집들을 떠올렸다. 우아한 멋과 운치를 풍기는 한옥, 스물네 평의 작지만 예쁘게 꾸며진 아파트. 그것들은 나름대로 만족할 수 있는 집들이었다. 하지만 지금 내가 살고 있는 집은? 아무리 둘러봐도 좋은 점을 찾을 수 없다. 좁고 환기가 잘 안되는 것도 모자라 햇빛까지 제대로 들어오지 않는다. 창피해서 친구도 데리고 올 수 없다. 엄마가 아무리 쓸고 닦고 해도 나아지지 않는 것처럼, 내가 아무리 불평해도 달라질 게 없다. 그럼에도 여기가 아니면 엄마와 내가 살 곳이 없다는 것이 비극이다. 나는 절레절레 머리를 흔들었다.

근사한 하우스와 정상적인 홈을 다 지닐 수 있다면 좋긴 할 것이다. 흔히 말하는 결손 가정과 볼품없는 집을 지닌 나. 그렇다고 꼭 내가 불행한 것만은 아니다. 그러니 하우스나 홈이 개인의 행복과 불행을 나눌 수 있는 절대적인 기준이 될 수 없는 것이 아닐까? 나는 서둘러 숙제를 마치고 밖으로 나갔다.

하지를 며칠 앞둔 해는 길고도 긴 꼬리를 쉽게 거두려 하지 않았다. 저녁 여덟 시가 가까워지는데도 해는 여전히 하늘에 눌러앉아 있다. 나는 슬리퍼를 끌고 나가다가 약국 앞을 잠시 기웃거렸다. 플루토는 잠이 들었는지 조용하다. 아저씨는 손님에게 약 봉투를 주면서 설명하는 중이었다. 나는 그 앞을 지나서 가로수가 늘어선 거리로 나갔다.

내 또래의 아이들이 가방을 메고는 바쁘게 왔다 갔다는 모습들이 눈에 띄었다. 이곳이 세계에서 가장 학원이 많은 거리라고 했던가. 오늘은 내가 받아야 할 학원 수업이 없다는 이유로 이 거리를 나는 한가롭게 걸어보는 중이었다. 별별 이름들을 다 달고 학원 간판들이 즐비하게 늘어서 있었다. 늘 급하게 뛰어다녀서 그동안 그것들을 별로 눈여겨본 적이 없었다. 이 거리를 한 바퀴 돌기만 해도 전 과목을 완벽하게 독파할 것 같은 착각에 빠지려고 했다. 그러니 이 동네의 집값이 한국의 부동산값을 다 올려놓았던 게 아닐까? 그것이 사회문제가 되고, 경제를 심각한 상황에 빠뜨리고, 서민들의 생활까지 압박하게 되고. 정말 이상한 나라의 사람들이다. 그깟 학원들 때문에, 아니 애들 공부 때문에. 어른이 되면 저절로 머릿속의 구조에 문제가 생겨버리는 걸까? 갑자기 웃음이 났다. 킥킥, 내 웃음소리에 힘입었는지 휴대폰도 같이 몸을 흔들고는 문자 메시지를 보내왔다.

- ㅋㅋ 나, 지금 그 애랑 같이 있어.

계집애, ㅋㅋ라니, 그 남자애랑 같이 있는 게 그렇게도 좋단 말이지? 서경은 우리 학교 옆에 있는, 학교의 남자애가 맘에 든다고 며칠 전에 내게 이야기했었다. 나도 그 애를 학원에서 본 적이 있다. 길쭉하고 야윈 얼굴에 갈색 뿔테 안경을 낀, 그 애는 전혀 내 취향이 아니었다.

"서경아, 다행이다. 너랑 나랑 앞으로 한 남자를 두고 서로 다툴 일은 없겠다. 넌 어디가 맘에 든다는 거니, 도대체?"

"스티븐 호킹 닮지 않았니? 똑똑하게 보이는 남자가 내 취향이거든. 앞으로 아무리 못돼도 박사는 될 것 같이 보여. 내가 사람 보는 눈은 있다고."

어쨌든 서경의 사람 보는 눈에 대한 정확한 평가는 적어도 십 년 이상 지나 봐야 알 일이었다. 나는 서경에게 답을 보냈다.

ㅡ스티븐 박사랑 같이 있다고? 엄청 좋은가 봐? 즐거운 시간 보내.

그런데 서경은 엄마의 감시망을 어떻게 뚫었을까? 얼마 안 있으면 내 휴대폰이 울리게 될 텐데, 뭐라고 답을 해야 하는지 미리 말을 맞춰놓아야 할 것 아냐. 서경과 통화를 하려다가 방해가 될 것 같아 나는 모른 체 하기로 마음먹었다.

바쁘게 오가는 내 또래의 아이들 틈에서 한가하게 거리를 쏘다니고 있으니 마치 여행자가 돼서 낯선 거리를 헤매고 다니는 기분이 들었다. 늘 다니는, 조금도 새로울 게 없는 거리가 내가 마음먹기에 따라 이렇게 달라 보인다는 사실이 참으로 놀라웠다. 질기도록 긴 해가 이제는 떠나기로 작정했는지 푸르스름한 옷자락을 추스르며 길을 떠날 태세를 했다. 배가 슬슬 고파진다. 집으로 가는 길 쪽으로 몸을 돌리는데 문자 메시지가 왔다.

- 지금 너랑 학원 자습실에 있는 거다, 알았지?

이제야 서경은 엄마 생각이 난 모양이다.

- 알았다, 오버. 하지만 빨리 끝내는 게 여러모로 좋을 거다.

서경네 아줌마는 워낙 극성스러워 아이들이 서경과 친구 하기를 꺼릴 정도다. 우리 엄마보다도 훨씬 자주 내 휴대폰에 전화한다. 나 같으면 엄마에게 데모해서라도 막겠건만 성격이 무른 서경은 그러지를 못했다. 어쨌든 들키지 않기 위해 갖은 수단을 쓸 뿐이다. 부디 이번 일도 잘 넘어가기를……. 잘못했다가는 나까지 덤터기를 쓸지 모르니까.


약사 아저씨와 플루토가 저녁 식사를 하고 있었다. 아저씨는 컵라면을 먹는 중이었고, 플루토는 혀를 날름거리며 참치 통조림을 먹었다. 새로운 풍경이다.

"어쩐 일로 컵라면을 다 드세요?"

그는 면을 집어 올리다가 나를 발견하고는 민망한 듯 씩 웃었다.

"플루토가 하도 배고프다고 성화를 부리니까 내 배도 덩달아 고프지 않겠냐? 그래서 컵라면이라도 먹기로 했다. 이렇게 같이 식사하니까 이제 우린 정말 한식구라는 생각이 든다."

고양이 식구라도 있으니까 그에게 훨씬 힘이 되는 모양이었다. 그런 그가 안 됐기도 하고, 다행스럽기도 하고 마음이 복잡해져 나는 그를 향해 애매한 웃음을 지었다. 플루토는 허기가 겨우 가셔졌는지 뒤늦게야 나를 보고 야옹 했다. 대답으로 나는 휘파람을 불어주었다.

"아저씨, 그래도 컵라면으로 식사를 때우지 마세요. 건강에 해로워요. 게다가 환경 호르몬도 들어서 몸에 나쁘대요."

나는 엄마가 했던 말을 그에게 그대로 했다.

"알았다. 아저씬 행복하구나. 플루토가 옆에 있고, 내 건강을 걱정해 주는 송화도 있으니까."

행복이라고 말할 때 그의 누르스름한 얼굴에서 화색이 돌았다. 화색이 도는 그의 얼굴이 몇 년이나 젊고 건강해 보여서 나까지 행복해졌다.

"오래오래 행복하세요. 플루토야, 안녕."

나는 손까지 흔들어 보이면서 인사를 했다.

"잘 가라."

"야오오옹."

그에 이어 플루토까지 내게 작별 인사를 했다. 가게에는 꽤 많은 손님이 자리를 차지하고 있었다. 엄마는 바쁜 중에도 내 곁으로 다가왔다.

"공부하다가 어디를 간 거니? 안에 들어가 저녁 먹어라."

"잠시 바람 쐬느라……."

식탁 위에 탕수육과 잡채가 있었다. 가게가 바쁜 탓에 엄마는 중국집에서 음식을 배달시킨 모양이었다. 음식 냄새가 잠시 잊었던 허기를 되살렸다. 내가 제일 좋아하는 음식인 탕수육을 먼저 한 입 먹은 다음, 잡채를 집어 올리는데 좀 전의 컵라면이 문득 떠올랐다, 이어 그것을 급하게 먹던 약사 아저씨까지. 컵라면이 그에게 맛이 있었을까? 보잘것없는 음식을 허겁지겁 먹는 사람의 모습을 보면 나는 괜히 슬퍼진다.

오랜만에 포식하고 나니 눈이 저절로 감겼다. 나는 무거워 오는 눈꺼풀을 주체하기가 힘들어졌다. 잠시만 눈을 붙일까? 아니야, 차라리 게임을 하자. 딱 십 분만, 십 분 만이야. 나는 알람 시계까지 맞춰놓고 '틀린 그림 찾기' 사이트로 들어갔다. 약사 아저씨가 벌써 들어와 있었다. 닉네임 기러기가 글을 올려놓았다.

-요 며칠 새 바빴습니다. 새 식구가 생겼지요. 플루토라는 이름을 가진 고양이랍니다. 이 녀석에게 정신이 팔려서……. 근데 참 행복해지네요. 허허.

그의 웃음소리가 내 귓가를 울리면서 나도 저절로 웃음이 났다.

-웃음소리가 여기까지 들려오네요. 오랫동안 행복하시기를 바랍니다.

'작은 악마'는 이렇게 글을 올리고는, 본격적으로 게임에 몰입했다. 눈에 저절로 힘이 들어가기 시작하고, 마우스를 쥔 손은 틀린 곳을 용하게 알아서 찾아간다. 틀린 곳을 다 찾아내는 순간 바로 새로운 그림이 뜬다. 족히 수십 장의 그림들이 지나갔을까? 백설 공주와 난쟁이 그림이 새로 뜨자마자 삐리리릭, 알람 시계가 정지 신호를 울렸다. 나는 움직이던 마우스를 딱 멈추었다. 그림 속의 백설 공주는 사과를 입에 물고 나를 물끄러미 바라보았다. 그 눈빛이 가히 유혹적이었지만 나는 알람 시계와의 약속을 어길 수 없어서 게임 사이트를 빠져나왔다.

중학교 2학년 과정의 방정식과 부등식은 내게 너무나 쉬웠다. 제대로 이해하기 힘든 수1·수2를 공부하는 데 대한 불만을 엄마에게 늘어놓지만 역시 도움이 되는 것 같다. 문제집을 다 풀어도 틀린 문제는 거의 나오지 않아서 나는 굉장히 만족스러웠다. 엄마가 가게 문을 닫고 들어올 때까지 나는 집중해서 공부했다.

"저 고양이가 또 기분 나쁘게 울어 쌓네."

플루토의 울음소리까지 나는 듣지 못하고 공부를 한 모양이었다. 나는 허리를 쭉 펴며 엄마를 돌아보았다.

"뭐가 기분 나빠? 별로 크게 울지도 않는데, 뭘."

"저녁 내내 울어대니까. 플루톤지, 플루튼지가 정말 사람 짜증 나게 하네. 약사 양반한테 대놓고 이야기할 수도 없고……. 여기 다른 세입자들은 가게 문 닫고 저녁에 돌아가면 그만이지만 우린 그렇지를 못하잖아? 참고 들으려니 정말 괴롭네."

엄마는 고양이 울음소리가 아주 싫은 모양이었다. 그렇다고

아저씨한테 말할 수는 없었다. 새로운 가족이 생겼다고 좋아하는
데…….

며칠 후 학원을 마치고 집으로 돌아오는데 약국 앞에 플루토
가 나와 있었다. 나를 보자 고개를 치켜들며 꼬리를 살살 흔들었
다. 야오옹, 내가 이렇게 소리를 내자 플루토는 놀랍다는 듯 두
눈을 크게 뜨고는 야옹, 소리를 크게 냈다. 엄마는 가게 밖으로
몸을 내밀다가 나를 발견하고는 말했다.

"플루토가 내는 소리도 모자라서 너까지……. 내가 아무래도
고양이 딸을 두었나 보다."

"이히히, 우리 엄만 고양이 엄마네."

그렇게 되네, 엄마는 놀랍다는 듯 눈을 동그랗게 떴다. 나는
엄마의 눈이 플루토의 눈과 닮았다고 놀렸다. 플루토가 심심한지
또 야옹 소리를 냈다. 엄마는 더 이상 불평하지 않았다. 아마 앞
으로도 엄마는 플루토가 운다고 불평하지 않을 것이다.

# 어릴 적 골목 친구와의 만남

키가 크고 어깨가 넓은 아이가 학원 복도 저편에서 걸어왔다. 어디서 봤더라, 하는 생각이 내 머리를 스치는 순간 그 아이는 얼굴이 발개져서 가까이 다가왔다. 맞아, 저 붉어지는 얼굴. 서지운이었지. 얼마 전 외가의 골목길에서 우연히 만나게 되었을 때도 저렇게 얼굴을 붉혔었지. 덩치 값도 못 하고 걸핏하면 왜 얼굴을 붉히는 걸까? 그런데 여기 있는 학원까지 온단 말이야?

"안녕?"

지운의 붉은 얼굴을 봐서 인사도 제대로 못 건넬 것 같아 내가 먼저 인사를 했다. 붉은 얼굴이 더욱 붉어지며 대답했다.

"응, 안녕!"

목구멍을 겨우 통과해서 나온 소리가 너무나 작아서 입 모양을 봐야만 알아들을 수 있었다. 그런 애한테 나는 왜 여기까지 학원을 오느냐고 물었다. 궁금한 건 못 참는 평소의 내 버릇 때문이었다.

"삼촌…… 친구가 여기 계셔서……. 유명한 학원이기도 하고……."

마치 선생님 앞에서 대답하는 초등학생 같은 태도였다. 우리는 학원 문 앞으로 천천히 걸어 나오면서 이야기했다. 그때 누군가 손을 흔들고 뛰어왔다. 빨간색 티셔츠가 눈에 금방 띄었다.

"왜 이렇게 늦게 나와? 한참을 기다렸잖아. 근데 얘는 누구야?"

어깨까지 내려오는 머리에 굵은 웨이브를 넣은, 지운 엄마의 헤어스타일은 예전이나 다를 바 없었다. 약간 높고 째지는 듯한 목소리까지 그대로였다.

"안녕하세요? 채송화예요. 채 한의원 집에……."

지운 엄마가 약간 튀어나온 듯한 눈을 크게 뜨자 자연스럽게 입도 반쯤 벌어졌다. 그러다가 그녀는 대답할 틈도 주지 않고 내게 질문 공세를 시작했다.

"어머, 못 알아볼 뻔했네. 근데 네 엄마는 아직도 결혼 안 하셨니? 여전히 혼자시란 말이지? 집이 이 근처니? 여기 학원들에 대해 잘 알겠다. 과학 잘하는 데가 어디니?"

나는 무슨 대답부터 어떻게 해야 좋을지 몰라 쉽게 입을 열 수 없었다. 그때 옆에 있던 지운은 놀랍게도 우렁우렁한 목소리로 말했다. 어느새 그 애의 얼굴은 붉은 기가 사라지고 새하얘졌다.

"엄만, 정말 왜 그러세요? 무슨 그딴 질문들을 하시냐 말이에요."

그런 다음 지운은 제 엄마의 손목을 끌고 학원 앞 도로 쪽으로 가버렸다. 별수 없이 나도 입을 반쯤 벌리고는 그들이 도로 위에 주차된 차 안으로 사라질 때까지 멍하니 바라보았다. 그들이 탄 흰색 소나타는 금방 내 눈앞에서 사라져 버렸다.

나는 어디 잠깐 정신이 홀린 듯한 기분이었다. 그때 내 앞으로 서경이 손을 흔들며 다가왔다.

"왜 그러고 있어?"

방금 일어난 일을 이야기하려다가 나는 뒤늦게 서경 옆에 서 있는 남학생을 발견했다.

"인사해. 얘는 오윤우야. 이쪽은 채송화고."

허여멀쑥한 얼굴을 반쯤 덮은 갈색 뿔테 안경을 한 번 치켜올린 다음, 윤우는 내게 웃어 보였다. 그 순간 덧니가 반짝 빛을 내며 내 눈에 들어왔다. 그러자 개구쟁이 악동처럼 귀엽게 변신했다. '얘도 나를 또 놀라게 하네. 오늘 내가 이상한 건가?' 나는 어정쩡하게 웃고는 그들에게 손을 흔들었다.

"너무 걱정하지 마, 우리 엄만 오늘 미국 갔으니까. 너한테까지 전화하지는 않을 거야."

서경은 내 등에 대고 크게 소리를 쳤다. 얼씨구, 나를 봐준다는 듯이 얘기하네. 걱정은 누가 해야 하는 건데……. 나는 끝내 돌아서서 한소리하고 말았다.

"윤서경, 엄청 고맙다. 걱정 안 하게 해줘서."

"이히히, 그렇게 되남? 내가 며칠 후에 진하게 쏜다. 기대하시라."

나는 그들과 헤어져 집으로 돌아오는 길에 약국 안을 기웃거렸다. 열린 문으로 보니 아저씨가 플루토를 안고 소파에서 잠들었다. 늦은 오후의 햇살을 받아 간간이 보이는 그의 흰 머리카락들이 은빛으로 반짝였다. 그들의 달콤한 잠을 깨울까 봐 나는 조심스러운 발걸음으로 그 앞을 지나쳐 우리 가게로 갔다. 엄마는 통화하는 중이었다.

"학원 선생이랑 애랑 일단 호흡이 잘 맞아야 하더라고요. 아무리 유명 강사라도 해도 서로 맞지 않으면……. 그럼요, 언제 한 번 들르세요."

엄마 곁으로 나는 쪼르르 가서 물었다.

"누구야?"

"지운 엄마. 할머니한테 물었대, 내 번호를. 학원 땜에 전화한 모양이야. 지운이도 공부를 잘하나 봐."

그 아줌마 행동 한번 날쌔기도 하지. 그새 엄마한테 전화까지 다 한 걸 보면. 아까 나한테 묻고 싶은 것들을 엄마한테 물은 모양이네.

"아, 좀 전에 학원 앞에서 만났어. 여전하시더라. 헤어스타일이며, 목소리며……. 그리고 보면 요즘 아줌마들은 늙지를 않나 봐."

"그러게. 늙는 사람은 송화 엄마밖에 없는 모양이다. 눈가며, 입가며, 웬 주름이 이렇게 많은지……."

금방 울음이라도 터뜨릴 것 같은 엄마의 얼굴을 창으로 들어오는 햇빛이 환하게 비추었다. 그러자 이미 자리를 잡기 시작한 미세한 주름들이 선명하게 드러났다. 나는 더 이상 그것들을 보고 싶지 않아 고개를 돌리며 말했다.

"주름은 무슨……. 아직도 엄만 아가씨 같아. 지운 엄마가 엄마 결혼했느냐고 물어봤어."

"그 여편네, 참. 애한테 어떻게 그런 걸 다 물어보냐. 하여튼 별로 상대하고 싶은 사람이 못 돼."

엄만 입을 비죽거리면서 엉뚱하게도 지운 엄마에게 분풀이하려고 했다. 고단한 시간의 흔적인 줄 뻔히 알면서도……. 나는 그런 엄마가 너무 가여워 꼭 껴안았다. 따뜻하고 부드러운 기운이 감도는 슬픔이 우리 곁으로 조용조용 밀려왔다. 꽃향기를 품은 훈풍 속에 가만히 서 있는 기분이 들었다.

며칠 후 학원을 나오다가 나는 지운을 또 만났다. 얼굴을 붉히기는커녕 놀랍게도 먼저 반갑게 인사까지 했다.

"시간 있어?"

시간이 있으면 어떻게 할 건데? 제 엄마가 득달같이 달려올 텐데. 나는 고개를 저으려다가 지운에게 물었다.

"왜? 할 말 있어?"

"응, 저번 일 사과도 할 겸……."

지운의 얼굴이 또다시 약간 붉어지기 시작했다. 갑자기 나는 그 애에 대해 궁금해졌다.

"사과할 일이 뭐가 있다고. 네 엄마가 데리러 오실 텐데, 괜찮니?"

"오늘은 전철 타고 가기로 했어. 집에 제사가 있어서……."

지운은 성큼성큼 걸어서 아이스크림 집 앞에 서서 물었다.

"아이스크림, 괜찮니?"

"그럼, 초콜릿만큼 좋아해."

내 초콜릿을 다 먹어 치웠던 기억이 지운에겐 남아 있을까, 궁금해서 나는 이렇게 대답했다. 하지만 지운은 거기에 대해 별다른 반응을 보이지 않고 자리를 잡고 앉았다.

"무슨 아이스크림 먹을래?"

지운은 벽에 걸린 메뉴판을 가리키며 내게 물었다. 그 애는 거기에 있는 아이스크림들을 내가 원하기만 하면 다 먹여 줄 듯했다. 초콜릿 무스, 망고 탱고, 체리 주빌레, 자모카 아몬드 휘지……. 이렇게 많은 종류 중에서 뭘 하나 선택한다는 것은 힘이 든다.

"글쎄, 뭐가 좋을까? 넌?"

나는 지운에게 선택권을 슬쩍 넘겼다. 그리고 나는 혼자서 내기를 하기로 했다. 지운이 초콜릿 무스로 정하면 앞으로 내가 원하는 친구가 되어주는 것이고, 다른 걸 정하면 별다른 진전이 없는 것에다 걸기로 했다. 메뉴판을 잠시 올려다보더니 지운은 망고 탱고로 정했다. 기대에 어긋나자 나는 눈에 띄는 대로 아무거나 하나 골라 불렀다.

"자모카 아몬드 휘지? 알았어."

지운은 자리에서 벌떡 일어나 진열대 앞으로 걸어갔다. 나는 그 아이의 넓고 탄탄해 보이는 등에 잠시 눈을 주고는 유리로 된 출입문을 통해 밖을 바라보았다. 어스름이 내리는 도로 위에는 속도를 낼 수 없어 거의 서 있다시피 한 차들과 그 사이를 바쁘게 오가는 사람들로 붐볐다.

"뭘 그렇게 봐?"

지운은 탁자 위에 쟁반을 내려놓으면서 물었다.

"으응, 다리를 많이 내놓으니까 눈이 저절로 가네. 다리가 예쁘다면 미니스커트나 핫팬츠를 입으면 좋을 텐데……."

"그런 게 정말 입고 싶어? 우리 아빠 질색하셔. 그래도 우리 엄만 아빠 몰래 살짝 입고 다니시기도 해. 그러면서 엄만 앞으로의 시대에는 우리 아빠 같은 사람은 여자 없이 혼자 살아야 할 거래. 나더러 아빠 닮으면 안 된다고 만날 그러셔."

그렇지만 지운은 엄마보다 아빠를 훨씬 많이 닮았을 게 뻔했다. 망고 탱고를 스푼으로 조심스럽게 떠서 입으로 넣는 지운에게 나는 말했다.

"넌 아빠를 훨씬 많이 닮았을 것 같아. 그지?"

"그래서 우리 엄마 말대로 혼자 살아야 하는 게 아닐까, 걱정되기도 해. 여자애들만 보면 괜히 긴장돼."

지운은 이마를 약간 찡그리면서 제법 심각한 표정까지 지었다. 약간 씁쓰레한 맛을 내면서 자모카 아몬드 휘지가 내 입에서 녹아나는 걸 음미하다가 나는 별안간 웃음을 터뜨리고 말았다.

"푸하아아……. 그게 고민되니? 혹시 얼굴 빨개지는 것도 다 그래서 그런 거야?"

또다시 지운의 얼굴이 붉어졌다. 덩치에 어울리지 않게 귀까지 물드는, 얼굴이 딱하기도 하고 귀엽기도 했다.

"내가 긴장한다는 걸 느끼는 순간, 바로. 아무리 고치려고 해도 안 돼. 정말 고민이야."

"긴장을 안 하면 되겠네. 근데 그게 맘먹은 대로 잘 안된다, 이 말이지?"

고개를 끄덕이고는 아이스크림을 크게 한 스푼 떠서 입으로 가져갔다. 그때 지운의 휴대폰이 울렸다.

"응, 알았어. 가는 중이야. 버스를 탔는데 한참 돌아서 가는 것 같아."

보기와 달리, 지운은 순발력을 발휘해 잘 둘러댔다.

"엄마셔? 빨리 먹고 일어서자."

나는 급하게 남은 아이스크림을 떠먹었다. 입 안이 얼얼하면서 커피 냄새가 났다. 아무래도 나는 아이스크림을 잘못 고른 모양이다. 달콤하고 맛있는 아이스크림들을 두고 하필이면 쓴맛이 나는 걸 고를 게 뭔가? 지운은 나와 달리 천천히 먹었다.

"안 서둘러도 돼. 우리 엄마, 저번에 네게 실수하신 것 같아. 내가 대신 사과할게."

아, 맞아. 그러느라고 얘가 지금 내게 아이스크림을 사고 있는데 내가 그만 그걸 깜빡 잊었네. 하지만 나는 시치미를 뗐다.

"실수는 무슨…… 게다가 사과라니."

지운아, 넌 모르지? 그냥 넘어가면 될 것을, 이렇게 굳이 사과까지 하니까 내가 더 상처받게 되는 거야. 하지만 나는 역시 아무렇지도 않은 척해야 했다.

"그런 질문을 하다니, 정말 창피했어. 우리 엄마도 참 주책이셔. 미안해."

"우리 엄마가 혼자니까 물어보실 수도 있는 거지 뭐. 그게 뭐가 어때서?"

"네가 그렇게 생각하니까 다행이야. 요 며칠 동안 내 맘이 정말 불편했었거든. 이제 됐어. 그럼 일어서자."

골머리 썩이는 숙제를 다 마친 것처럼 속 시원한 얼굴을 하고 지운은 자리에서 일어났다. 그런 지운을 보니 갑자기 이유를 알 수 없는 짜증으로 내 속이 끓기 시작했다. 나는 자리에서 발딱 일 어나 출입문 앞에 서자마자 서둘러 헤어지려 했다.

"잘 가."

그러는 나를 지운은 약간 의아한 눈빛으로 보았지만, 재빨리 등을 돌렸다. 두 번 다시 아는 체하지 않을 거야. 저 앤 내가 우 리 엄마를 창피하게 여겨야 한다고 생각할지 몰라, 나쁜 자식. 나 는 땅을 차듯이 걸어갔다. 얼마 안 가서 발끝이 아파 나는 걸음을 멈추었다. 지운이 도로의 반대편에서 전철역 방향으로 걸어가는 게 보였다. 나는 고개를 꼬고는 속으로 중얼거렸다. 그래, 네 엄 마 말대로 어쩜 너 같은 애는 앞으로 혼자 살게 될지도 몰라. 그 렇게 앞뒤가 꽉 막혀선…… 어떤 여자애도 좋아하지 않을 거야. 앞으로도 여자들 앞에서 계속 얼굴이나 붉히겠지. 내 입안에선 씁쓰레한 커피 맛이 여전히 감돌았다. 나는 편의점으로 들어가서 바닐라 맛이 나는 아이스크림을 하나 사 들고 나왔다. 혓바닥으 로 아이스크림을 핥으며 나는 열기가 후끈하게 달아오르는 길을 천천히 걸어 집으로 돌아가고 있었다.

어디선가 고양이 울음소리가 들려왔다. 플루토가 또 우는 걸 까? '건강한약국'의 네온사인 불빛이 붉고 푸르게 반짝이는 것이 멀리서도 보였다. 나는 그 불빛을 보면서 우리 가게로 가는 길목 에 들어섰다. 어느 순간부터 나는 자신도 모르게 달렸다. 지운과 마주 앉아 아이스크림을 먹던 일이 아주 오래된 일처럼 여겨졌다. 아이스크림 통의 제일 밑바닥에 깔린 것을 모욕이라고 믿으며 불쾌해한다면 나는 결코 건강한 정신을 가졌다고 할 수 없는 걸까? 나는 아랫입술을 지그시 깨물고는 있는 힘을 다해 더욱 빠르게 달렸다. 우리 가게의 출입문을 미는 순간 에어컨의 냉기 때문에 잠시 숨이 멎는 느낌이었다. 엄마는 테이블 사이를 바쁘게 오가고 있었다.

"송화야, 이거 약국 아저씨께 갖다 드려."

엄마는 내가 오기를 기다렸다는 듯 쟁반을 내밀었다. 클럽 샌드위치와 오렌지 주스가 놓여 있었다. 아저씨는 이걸로 오늘 저녁을 때우실 모양이었다. 나는 조심스럽게 쟁반을 들고는 약국 안으로 들어갔다. 플루토는 눈을 반짝거리며 나를 올려다보았다. 아저씨가 손님과 상담 중이라 나는 플루토에게 휘파람 대신 윙크로 인사를 했다.

"약을 먹을 때는 좀 괜찮은 것 같더니, 또다시 재발……."

사십 대 중반쯤 되어 보이는 남자는 손바닥으로 자신의 뚱뚱한 배를 쓰다듬으며 고통을 하소연했다. 아저씨는 물약과 조그만 곽에 든 약을 봉투에 담으며 말했다.

"꼭 병원에 가서 검사부터 받아보십시오. 잘못하면 치료 시기를 놓칠 수 있습니다. 통증이 심하시다니 일단 이걸 드시고 꼭 빠른 시일 내 병원에 가 보십시오."

손님이 나가자 그는 소파 쪽으로 걸어와서 털썩 주저앉았다.

"송화가 배달 왔구나."

"사실 저희 가게에서 배달은 안 하는데, 아저씬 브이아이피 고객님이시라 제가 이렇게 배달까지 왔죠."

"하이고, 내가 특별대우를 받았구나. 어떻게……."

그의 말이 채 끝나기 전에 휴대폰 벨이 울렸다. 휴대폰을 드는 그를 보면서 나는 플루토를 안았다. 플루토는 까끌까끌한 혓바닥으로 내 팔을 핥기 시작했다. 간지럽다고 소리를 지르려다 나는 그의 음성에 눌려 입을 열지 못했다.

"뭐라고? 스페인? 왜 이제야……. 생각들이 그렇게 없어? 기다리고 걱정하는……. 그래, 좋아. 정아야, 정아야……."

안도감과 서운함, 분노가 뒤범벅이 된 듯한 그의 음성을 더 이상 듣고 있는 게 나는 괴로웠다. 게다가 남의 통화 내용까지 엿듣는 것 같아서 나는 플루토를 내려놓고 약국을 나오고 말았다.

그의 가족들은 지금 스페인에 있단 말이지? 그는 한 푼이라도 돈을 더 벌기 위해 여기 남아서 샌드위치로 저녁 끼니를 때우고 버려진 고양이랑 함께 살면서 외로움을 달래는데……. 너무하는 거 아냐? 그것도 이제야 연락하다니. 도무지 어떤 사람들인지 정말 이해가 안 된다. 나는 빈 쟁반을 한 손에 들고 하늘을 우러렀다. 음력 보름이 되려면 며칠 남았는지 한쪽 모서리가 덜 채워진 달이 불그스름하게 빛났다. 붉은 달빛을 받은 그의 음성이 비통하게 내 귀를 울리는 듯했다.

"정아야, 정아야……."

딸을 애타게 부르는 아버지의 음성. 그 음성은 어느새 나를 부르는 소리로 변조되어 갔다. 송화야, 송화야, 채송화……. 사방을 두리번거리다가 나는 찌그러진 붉은 달과 눈을 맞추었다. 달은 불그스름한 빛으로 나를 감싸 안았다. 그 빛 속에 괸 말간 슬픔이 나를 흔들었다. 나는 흐르는 눈물을 닦지 못하고 붉은빛 속에 그대로 잠겨 있었다.

온 힘을 다해 나는 문을 밀었다. 출입문은 낮은 비명을 지르며 입을 활짝 열었다. 카운터에 앉았던 엄마가 눈을 동그랗게 뜨고 나를 바라보았다. 나는 엄마 앞으로 가서 다짜고짜 물었다.

"우리 아빠 어디 계셔?"

엄마의 눈에서 동공이 갑자기 크게 열리는 것을 보자 나는 자신이 방금 무슨 질문을 했는지 그제야 알아차렸다. 너무나 궁금했지만, 십수 년 동안 단 한 번도 하지 않았던, 할 수 없었던 질문이 어떻게 뜻하지 않게 내 입에서 튀어나올 수 있는 건지 나도 놀랍고 당혹스러웠다. 하지만 엄마는 순간 내 말을 잘못 들었다고 생각했는지 금세 누그러진 눈빛을 하고 내게 물었다.

"누구? 뭐라고?"

엄마의 목소리가 들리지 않아 벙긋거리는 입 모양으로 무슨 말인지 나는 알아차려야 했다. 고개를 가로젓고는 나는 빈 쟁반을 카운터 위에 소리 나게 올려놓고는 안으로 들어와 버렸다.

많은 시간이, 많은 사건이 한꺼번에 지나가 버린 느낌이 들면서 머릿속이 빈 것 같아 나는 몇 번이고 머리를 흔들어 보았다. 그러는 내게 정신을 차리라는 듯 서경은 문자 메시지를 보내왔다.

- 낼 시간 어때? 쏠게~~

- 오키.

몇 시간 전에 서경을 만났던 것과 지운과 아이스크림을 먹었던 것이 아주 먼 옛날 일처럼 까마득하게 느껴졌다. 나는 책상 위 메모판에 붙여둔 계획표를 보며 정신을 차리려고 애썼다. 이제 과제물들은 다 제출했기 때문에 오로지 시험공부에만 집중하면 되겠다, 하는 생각을 하며 나는 책상 앞에 앉았다. 하지만 공부하는 도중에 간간이 아저씨의 음성이 들렸다가 엄마의 눈이 떠올랐다가 했다. 그럴 때마다 나는 아랫입술을 깨물고 공부에 집중하려 애썼다.

가게 일을 마치고 들어온 엄마와 나는 서로 눈을 마주치는 것을 은연중에 피했다. 나는 공부에 몰두하는 척했고, 엄마도 간식을 내 옆에 놔두고는 자는 척했다. 하지만 엄마가 쉽게 잠을 이루지 못한다는 것을 나는 알았다. 내가 먼저 아무렇지도 않게 엄마를 대해야겠다고 다짐했다.

다음 날 아침, 우리 모녀는 아무런 일도 없었다는 듯 식탁 앞에 마주 앉아 아침 식사를 했다. 천연덕스럽게 나는 날씨 이야기며, 서경 엄마가 미국 간 이야기를 했다. 엄마도 그런 이야기들을 예사롭게 들으며 학교 늦겠다고 간간이 나를 재촉했다. 가방을 메고 집을 나오면서 나는 마치 모래사막을 혼자 걸어 나온 기분이 들었다.

종례가 끝나자마자 서경과 나는 교문을 나왔다.

"뭐로 쏠까? 아이스크림?"

나는 고개를 흔들었다. 자모카 아몬드 훠지라고 했던가? 이름도 어려운 그 아이스크림의 씁쓰레한 맛이 또다시 입안을 감돌며 속 시원한 얼굴을 하고 자리에서 일어나던 지운이 떠올랐다.

"왜 싫어? 아이스크림을 어떻게 넌 싫어할 수가 있니? 달콤하고 부드럽게 살살 녹아나는 아이스크림. 생각만 해도 입안에서 군침이 도는데……."

"그러니 다이어트를 어떻게 하겠냐? 싫어하는 게 아니라, 그것보다 더 맛있는 것을 먹잔 말이지. 팥빙수, 어때?"

우리는 학교 앞에 새로 생긴 팥빙수 가게로 들어갔다. 팥과 과일과 젤리 토핑을 듬뿍 얹은 팥빙수는 보기만 해도 먹음직했다. 우리는 일단 먹느라 말할 틈이 없었다. 둘 다 그릇이 반쯤 비워졌을 때야 수다를 떨기 시작했다.

"엄만 언제 오시니?"

"다음 주에. 하지만 매일 전화하셔. 사촌 오빠 결혼식에 가셨거든. 하필이면 내 시험이 코앞인 이때 꼭 가야겠느냐고 하시더니, 잘만 구경 다니시나 봐. 덕분에 나는 이렇게 숨도 쉬고, 윤우도 만나고……. 이히히, 얼마나 좋은지 몰라."

서경은 살맛이 저절로 난다는 듯이 웃었다. 나는 서경이 진심으로 부러웠다. 공부 좀 못해도 다른 것들로 얼마든지 커버할 수 있는 환경에서 태어났다는 건 행운이 아닐 수 없다. 신은 공평하지 않다. 나는 팥빙수를 입안에 떠 넣으면서 내게 가혹한 신을 향해 어떻게 하면 분풀이를 할 수 있을까 생각해 보았다.

"아참, 내가 중요한 사실을 놓치고 있었네. 너, 어제, 걔 누구야?"

서경은 갑자기 생각났다는 듯 스푼을 탁자 위에 소리 나게 놓고는 밑도 끝도 없는 질문을 했다.

"너, 어제, 걔? 무슨 암호처럼 말하니 알아들을 수 있어야지?"

"시치미 떼긴……. 아이스크림 가게에서 덩치 좋은 애랑 앉아 있었잖아."

다시는 열고 싶지 않은 상자를 열어 보라고 재촉을 받은 기분이 들었다.

"으응, 걔? 옛날 어릴 때 한동네에서 살던 앤데, 우연히 얼마 전에 학원에서 만났어. 반갑다고 아이스크림을 사주데. 걔가 옛날에 내 초콜릿을 다 먹어 치운 적이 있었거든."

정작 본인은 기억도 못 하는 이야기를 나는 적당히 둘러서 말했다.

"우리랑 같은 학년이야? 덩치가 하도 커서 고등학생인 줄 알았어."

"넌 나를 봤으면서 왜 아는 체 하지 않았냐?"

"사실은 너무 궁금해서 아이스크림 가게에 들어갈까, 망설이기도 했어."

호기심이 가득한 얼굴을 하고 서경이 아이스크림 가게 앞에서 서성이고 있었을 것을 상상하니 저절로 웃음이 터져 나왔다.

"오호라, 매너를 지키시느라고? 어쨌든 정말 기특하다. 참느라고 얼마나 힘들었을까?"

"그러게, 모른 척하고 지나가다가 다시 가봤지. 넌 궁금해서……. 근데 없더라."

"없어서 아쉬웠어? 그런 애랑 오래 앉아 있을 게 뭐니. 다 먹었으면 일어서는 거지."

지운에 대한 서운함을 이런 식으로라도 표현해야 꼬인 속이 좀 풀릴 것 같았다. 내 속을 모르는 서경은 고개를 끄덕이고는 팥빙수를 열심히 먹어댔다. 나도 스푼을 부지런히 움직여 팥빙수를 끊임없이 입 안에 넣었다. 전날 아이스크림을 급하게 먹었을 때처럼 입 안이 얼얼했지만 달콤한 맛이 감돌았다. 나는 입맛을 다시고는 자리에서 일어나며 말했다.

"역시 친한 친구랑 먹는 팥빙수의 맛은 환상적이야."

"웬 아부? 남자애랑 먹는 아이스크림이 더 맛있었다고 말하고 싶지? 네 얼굴에 그렇게 쓰여 있어."

내 얼굴에? 나는 어처구니없게도 얼굴에 손을 갖다 대려다가 서경의 팔뚝을 살짝 꼬집으며 말했다.

"섭섭하게스리. 넌 그래? 스티븐 박사랑 먹는 아이스크림이 더 맛있단 말이지?"

"아야야, 절대로 아니야. 그렇다고 했다간 죽겠네. 실컷 팥빙수까지 사주고선……."

우리는 낄낄거리며 팥빙수 가게를 나와서 헤어졌다. 나는 몇 걸음 걷다가 맸던 가방을 내려 손에 들었다. 땀으로 젖은 등이 한결 시원해졌다.

약국 앞을 지나면서 나는 안을 유심히 보았다. 약사 아저씨는 아무렇지도 않은 얼굴로 진열대 앞을 오가며 손님들에게 약 봉투를 내밀고 있었다. 여러 감정이 뒤섞여 울리던 그의 음성이 이제 약국 어디에도 남아 있지 않은 듯했다. 비통하게 딸의 이름을 불렀던 일조차 그는 잊은 듯했다. 한 가정의 가장으로서 살아가려면 저렇게 해야 하는 걸까? 우리 엄마도 마찬가지겠지.

가게 문으로 들어서면서 나는 엄마부터 먼저 찾았다. 하지만 내 시선을 먼저 끄는 사람은 푸른색 원피스를 입은 지운 엄마였다. '취향이 원색 쪽이신가? 저번엔 빨간 티셔츠더니 이번엔 푸른색 원피스라, 남의 눈에 띄는 걸 좋아하시나 봐. 근데 이제 여기 오시기까지 했네.' 이런 생각들을 속으로 하면서 그쪽을 보았지만 지운 엄마는 내 시선 따위는 전혀 안중에도 없는지 사진을 꺼내 엄마 앞으로 내밀었다.

"예전에 오다가다 본 적이 있을 텐데, 기억 못 하시는 모양이네요. 작년에 혼자 되셨어요. 하나 있는 아들은 유학 보내놓고. 우리 오빠라서가 아니라 정말 괜찮은……."

잠시 사진에 시선을 주던 엄마의 눈이 나랑 딱 마주쳤다. 엄마는 과장되게 큰 목소리로 말했다.

"송화야, 인사드려야지."

사진을 옆으로 밀어놓으면서 지운 엄마는 나를 보고 어색하게 웃었다.

"안녕하세요?"

"응, 넌 근데 키가 별로 안 자랐다. 아주 야무지겠네. 공부도 잘하죠?"

호감이 가지 않는 사람들은 이상하게도 하나같이 내 키를 들먹이곤 했다. 아니, 어쩌면 키를 들먹여서 호감이 가지 않는지도 모르겠다. 장승처럼 키가 큰 지운을 어쩔 수 없이 떠올리자, 내 입도 지운 엄마처럼 한쪽만 비틀리면서 어색한 웃음이 나왔다.

"반에서야 일등 하죠."

엄마는 내 성적 이야기가 나오면 습관적으로 쓰는 어투를 여전히 구사했다. 그러자 지운 엄마의 반응이 너무나 호들갑스러워서 나까지 깜짝 놀랐다.

"어머나, 잘하네. 여기 반에서 일 등 하면 대단하죠. 전교 십 등 안엔 들 것 아녜요? 과외도 시켜요? 학원은 그럼……."

나는 더 이상 듣고 있기가 부담스러워 고개를 까딱하고는 안으로 들어갔다. 아무래도 지운은 제 엄마는 닮지 않은 모양이다. 그렇다면 제 아빠를 닮은 건가? 앞으로의 시대에는 혼자 살 수밖에 없을 유형에 해당한다는 제 아빠를……. 크크, 웬일인지 웃음이 났다.

엄마가 가게 일을 마치고 안으로 들어오자마자 나는 대뜸 물었다.

"지운네 외삼촌을 엄마에게 소개해 주겠다고? 맞지?"

"우리 송화 대학 들어갈 때까지는 절대로 안 된다고 했어. 게다가 지운 엄마 같은 시누이가 있다고 해봐라, 싫어, 정말."

엄마가 저렇게 생각하는 줄 지운 엄마는 짐작도 못 할 게다. 만약 외삼촌을 우리 엄마에게 소개해 주려고 제 엄마가 사진까지 들고 온 걸 지운이 안다면, 어떻게 반응할까? 또다시 내게 사과하려 들겠지? 이번엔 아이스크림 대신 뭐를 사줄까? 붉게 달아오르는 그 애의 얼굴이 눈앞에 떠올랐다. 나는 깔깔거리고 한참 웃었다. 영문을 모르는 엄마가 입을 벌리고 잠시 따라 웃다가 내가 웃음을 멈추지 않자 의아한 눈빛으로 건너다보았다.

"그냥, 우스워서……."

"말똥 굴러가는 것만 봐도 웃음이 난다더니……. 그래, 좋은 때다. 나이 들어봐라, 일부러 웃으려고 해도 웃을 일이 없단다."

한숨 섞인 엄마의 말에 슬픔이 묻어났다. 내 웃음 뒤끝에도 이유 모를 슬픔이 배어 있었다. 우리 모녀 사이를 감도는, 이 잔잔하고도 아련한 슬픔은 엄마의 품처럼 내게 익숙한 느낌을 준다.

# 고양이와 아저씨가 함께 찍은 사진

휴대폰으로 찍은 플루토와 약사 아저씨의 사진 중에서 제일 괜찮은 것 하나를 나는 확대했다. 화질이 많이 떨어질 줄 알았는데, 예상했던 것보다 제법 괜찮았다. 플루토를 안은 아저씨는 마치 아기를 안은 것처럼 조심스러워하면서도 즐거운 표정을 지었다. 플루토는 한쪽 다리를 앞으로 약간 내밀고 입을 크게 벌리고 있었다.

'아저씨네 새로운 가족사진이로군.' 이렇게 중얼거리며 들여다보다가 나는 조제실 벽에 걸린 그의 가족사진을 떠올렸다. 이 사진도 액자 속에 넣어두면 그것 못지않게 제법 그럴싸하게 보이리라. 나는 집 근처의 선물 가게로 달려갔다. 여러 종류의 액자들을 이것저것 한참 들여다보다가 엽서 크기만 한 액자 하나를 골랐다. 그 안에 나는 사진을 적당한 크기로 잘라서 넣었다.

은빛 프레임을 두른 액자 속에서 아저씨와 플루토가 만족스러운 웃음을 짓고 있었다. 나도 그들을 향해 웃어주고는 액자를 가방 안에 넣었다. 다음날 학교 가는 길에 약국에 들러 전해주고 갈 작정이었다.

지난밤에 너무 늦게 잔 탓일까? 다른 날보다 늦게 일어난 나는 물 한 모금 마실 틈도 없이 급하게 학교 갈 준비를 했다. 엄마는 내 등 뒤에서, 그렇게 깨워도 못 일어나더니만, 쯧쯧 해가며 혀를 수없이 찼다. 나는 그 소리에 대꾸 한마디 못 하고 급하게 집을 나와야 했다. 목구멍에서 단내가 날 만큼 달려서 교실로 뛰어 들어갔다. 마침내 나는 자리에 앉아 안도의 한숨을 내쉬다가 사진이 든 액자를 떠올렸다.

"아참, 그렇지! 깜빡 잊을 뻔했네."

하기야 기억했다고 해도 약국에 들를 틈은 없지 않았던가? 집으로 가는 길에 들를 수밖에 없겠다고 생각하는데, 옆에 앉은 은서가 화들짝 놀란 듯 물었다.

"뭘? 오늘 준비물 있어?"

"아니, 그게 아니라……."

나는 가방 안에서 액자를 꺼내고 말았다. 재빨리 은서가 액자를 들고 눈 가까이 가져가는 것을 보면서 나는 뒤늦은 후회를 했다. 순간 불길한 예감이 머릿속을 스치고 지나갔다.

"어머, 넌 아빠 안 닮았네. 연세가 꽤 많으신가 보다. 앞머리가 벗겨지고 배가 나와서 그런가? 호호, 운동 좀 하셔야겠네. 골프 안 하시니? 너네는 고양이 키우는구나? 무슨 종이야? 아비시니안도 아니고 페르시안도 아니고······."

나는 은서의 손에서 낚아채듯 액자를 빼앗아 가방 안에 집어넣으면서 말했다.

"우리 고양인 잡종이야, 잡종."

잡종이란 발음은 앙다문 내 어금니 사이에서 새어 나오면서 짜증스럽고 또한 비감스럽게 울렸다. 그러자 은서는 콧방귀를 끼면서 응수했다.

"흥, 자압종? 어쩐지······. 그런 티가 나더라니. 그래도 네 아빠랑 잘 어울리네. 그러면 됐지, 뭘. 키우는 주인을 닮아간다는 말이 맞는 모양이야."

이 계집애가 그냥, 확, 얼굴을 한 대 갈겨 줄까 보다. 부르르 떨리는 주먹을 꽉 쥐었다 펴면서 나는 말했다.

"후후, 그러게. 너희 개를 아무리 훈련을 시켜도 왜 똥오줌을 여태 못 가리겠니? 다 키우는 주인 머리를 닮아서 그런 것 아니겠어?"

이빨을 가는 은서의 표정을 한 번 건너다보고는 나는 아무렇지도 않은 듯 책을 펴들었다. 쌕쌕거리는 은서의 숨소리가 내 귀를 거슬리게 했다. 내가 좀 심했나, 하는 후회가 뒤늦게 들긴 했지만 나는 끝까지 모른 체 했다.

집으로 가는 길에 나는 잊지 않고 약국에 들렀다. 플루토는 제 집에서 꼼짝도 하지 않고 누워 낮잠에 빠져 있었다. 아저씨가 상대하던 손님이 나가자 나는 사진이 든 액자를 그에게 내밀었다. 그는 탄성을 지르면서 눈을 크게 떴다.

"야, 정말 근사하다. 우리 플루토가 카메라 빨을 잘 받네. 이 사진 보고 TV 방송국에서 출연 요청하는 게 아닐까? 약국 문을 닫고서라도 데리고 나가야겠지. 그런데 이걸 어디 두어야 좋을까?"

그는 액자를 들고 여기저기에 놓아보다가 전화기 옆에 두기로 결정한 모양이었다.

"여기가 제일 나은 것 같다. 그렇지?"

나는 고개를 끄덕이다가 은서 앞에서 잡종이라고 내뱉었던 게 떠올라서 그와 플루토에게 미안해졌다. 그런데 은서는 왜 그를 무조건 우리 아빠라고 생각했을까? 괜히 이상야릇한 기분이 들어서 나는 그를 슬쩍 건너다보았다. 그는 전화기 옆에 액자를 놓고 흐뭇한 듯 보고 있었다. 저 사람이 만약 우리 아빠라면? 나도 참, 아무런 소용이 없는 이런 생각을 왜 해보는 거야? 그 순간 그는 나를 돌아보며 말했다.

"송화가 이런 멋진 선물을 했는데, 나도 답례해야지. 뭐 필요한 것 없어? 망설이지 말고 말해. 이번 기회에 뭐든 하나 할게."

내게 필요한 것이라면 얼마나 많은가? 햇빛이 환하게 드는 집,

자상한 아빠, 귀여운 동생……. 하지만 그런 것들은 아무리 내가 필요로 해 봤자 그가 충족시켜 줄 수 있는 것들이 아니다. 누구라도 마찬가지일 것이다.

"필요한 거요? 글쎄요, 잘 생각이 나지 않아요. 그냥 아저씨가 하고 싶은 걸로 해주세요."

나는 차게 해놓은 드링크를 하나 받아 나오면서 플루토를 향해 휘파람을 불었지만, 녀석은 깨어날 기미를 전혀 보이지 않았다. 제가 나온 사진을 보면 어떻게 반응할까, 궁금하게 여기면서 나는 약국을 나왔다.

학원 갔다가 집으로 돌아가는데 아저씨가 약국 앞에서 내게 손짓을 해 보였다. 무슨 일일까, 생각하며 그를 뒤따라 약국으로 들어갔더니 화분 하나를 꺼내 놓았다.

"채송화꽃이 피었기에 네 생각이 나더라."

짙은 분홍과 노랑, 빨간 채송화가 피어 있었다. 사실 채송화를 언제 보았는지 기억이 잘 나지 않았다.

"어머, 예쁘기도 해라. 그런데 이걸 어디서 구하셨어요?"

"오늘 어떤 아주머니 손님이 오셨는데, 이런 화분 몇 개를 시장에서 샀다면서 자랑삼아 보여주데. 하나 달라고 부탁했지. 이 화분에 핀 꽃이랑 꼭 닮은 애한테 선물하고 싶어서 그런다고 했더니 하나 주시더구나."

나는 화분을 받아 들고는 그에게 고맙다고 인사했다. 플루토는 내 손에 있는 화분을 보고는 야옹 소리를 내밀며 앞발을 쳐들었다. 제 눈에도 꽃이 예뻐 보이긴 한 모양이었다. 나는 몸을 낮춰 화분을 플루토 가까이에 한 번 놓아주었다가는 재빨리 위로 치켜들었다. 그랬더니 약이 바짝 올라 온몸을 흔들며 가르릉 가르릉 소리를 냈다. 나는 휘파람을 크게 불고는 약국을 나왔다.

"채송화, 채송화!"

나는 오랜만에 내 이름을 불러보았다. 까만 씨가 빼곡히 들이찬 눈동자를 깜빡거리며 나 자신을 응시하는 눈. 그 눈 속에서 꽃들이 차례대로 머리를 내밀며 내게 웃어 보였다.

화분을 어디 두어야 좋을지 나는 한참이나 고심했다. 컴컴한 집 안에서는 햇빛을 받을 수 없어 제대로 자라지 못할 것이다. 그런데 아무리 주위를 둘러봐도 도무지 한 뼘의 햇빛조차 들어오는 곳이 없으니……. 결국 창문 밖으로 난 창틀에 화분을 얹어두고는 나는 속삭이듯 말했다.

"채송화야, 햇빛을 듬뿍 받아 예쁜 꽃들을 많이 피워라."

매일 물을 주고 정성스럽게 보살피면 틀림없이 예쁜 꽃들로 오래오래 보답해줄 것이라고 나는 믿었다. 나는 창문 밖으로 고개를 내밀고 화분을 쓰다듬었다. 해가 사라진 지 오래된 하늘에서는 햇빛 대신 짙은 남색의 어둠이 내리자, 꽃잎들은 벌어진 입들을 일제히 오므렸다. 꽃 위에 어린 어둠은 꽃 색깔까지 시푸르죽죽히 만들어 놓았다. 하지만 내일 아침이면 꽃잎들은 입을 도로 활짝 벌리고 자신의 고유한 색깔들을 도로 찾을 것이다.

나는 달도 별도 없는 하늘을 올려다보며 비를 기대해 보았다. 남부지방에 걸쳐 있다는 장마전선은 언제쯤 북상할지 정확하게 예상할 수 없는 모양이다. 일기예보에서는 곧 중부지방에 장마가 시작될 거라는 소리를 거의 보름 전부터 매일 해 왔지만, 하늘은 습기를 가득 품은 짙은 구름만 계속 깔아놓을 뿐이었다.

갑자기 천둥이 치듯 덜컥 문이 열렸다. 나는 놀라 뒤를 돌아보았다. 여전히 짙은 빨간색 머리를 하고 할머니는 가방을 바닥에 던지듯 내려놓았다. 도대체 무슨 일로, 이 시간에 할머니가 오셨단 말인가? 나는 자리에서 발딱 일어나서 인사했다.

"오셨어요? 가게가 지금 복잡한가 봐요?"

"그래, 늬 어미가 정신없이 바쁘게 움직이고 있다. 거긴 엉덩이 붙이고 마땅히 앉을 데가 있어야지. 이럴 땐 니가 나가서 어미를 도우면 좀 좋으냐?"

얼씨구, 그러시는 할머니야말로 우리 엄마를 도우면 좀 좋아요, 하는 말을 참고 나는 대답했다.

"그랬다간 엄마한테 혼나요. 공부나 하지, 여긴 왜 나왔느냐고. 얼마나 싫어하시는데요."

"하이고, 별스럽긴. 계집애가 그깟 공부해선 뭣 하려고. 그러니 지가 고생을 바가지로 하고 살지. 쯧쯧, 하여튼 맹추라니깐."

할머니는 우리 엄마를 맹추로 몰아붙이고는 침대에 털썩 누웠다. 기어코 나는 묻고 말았다.

"근데 이 시간에 어쩐 일이세요?"

"그러니 그게 말이다. 아, 아니다."

홧김에 하소연을 시작하려다가 그래도 상대가 나는 아니라고 할머니는 판단한 듯했다. 할머니는 침대에서 벌떡 일어나 앉아서는 두 눈을 끔뻑거렸다. 그러고 보니 속눈썹이 길고 풍성해져 제법 눈가에 음영을 지웠다. 결국 숙모처럼 속눈썹 파마를 한 모양이다. 하지만 신비스러운 분위기를 풍기던 숙모와 달리 할머니는 음산한 분위기를 자아냈다.

"아들자식은 장가가면 남이라더니……. 니가 아들이 아니라 딸인 게 그나마 니 어미한테 다행이다."

내가 우리 엄마한테 다행스러운 점도 있단 말이지? 할머니의 입에서 나온 말치곤 참으로 놀라웠다. 삼촌과 크게 한바탕 싸운 모양이다. 그 원인은 분명 숙모가 제공했을 테고. 그러나저러나 들고 온 가방의 크기로 봐서는 여기서 며칠 묵을 모양인데, 보통 귀찮고 불편한 일이 아니다. 게다가 시험도 얼마 안 남았는데……. 나는 그만 한숨을 푹 쉬고 말았다.

"한숨은……. 그러니까 어린 게 팔자가 사납지."

할머니는 내게 눈을 흘기면서 말했다. 또 시작이다. 까딱 잘못했다간 삼촌과 싸운 분풀이를 내게 하려 들지 몰랐다. 나는 아예 이어폰을 귀에다 꽂으면서 미리 말해 두었다.

"저, 시험공부 해야 하거든요."

이야기할 상대가 없어지자, 할머니는 TV 앞으로 다가가 리모컨을 만지작거렸다. 그러다가 뭐라고 크게 소리를 쳤다. 나는 이어폰을 뺐다.

"그렇게 못 알아들어? 이거 켜보란 말이야."

나는 어쩔 수 없이 TV를 작동시켜 여기저기 채널을 돌렸다. 어느 순간, 할머니가 멈추라고 명령을 내렸다. 드라마인 듯했다. 우리 할머니 또래의 할아버지가 손녀를 안고 눈물을 흘리는 장면이다. 금방 할머니도 울 듯한 얼굴을 하고 화면 가까이 다가갔다. 나는 리모컨을 할머니에게 주고는 책상 앞으로 갔다. 내가 지금부터 지켜야 할 사항은, '절대로 할머니 쪽에는 시선 주지 말기'이다.

같은 노래들을 몇 번이나 들은 건가? 그동안 수학 문제집도 한 권 다 풀었다. 내가 귀에서 이어폰을 뽑는 순간 엄마가 안으로 들어왔다.

"아유, 엄만……. 애가 공부하는데, TV를 크게 틀어놓으면 어떡해."

엄마는 짜증스럽게 리모컨으로 TV를 끄고는 잠든 할머니의 머리에 베개를 받쳐주었다.

"괜찮아. 노래 들으면서 수학 문제 풀었어. 근데 할머닌 오늘 여기서 주무시고 가는 거야?"

"아무래도 그러셔야 할 것 같아. 네 삼촌한테 전화해 놨어. 낼 아침 출근 전에 모셔간다고 했으니까 오늘 밤만 좀 참아."

엄마의 얼굴에는 피곤과 짜증이 덕지덕지 묻어 있었다. 그것들을 지우고 싶어서 나는 손바닥으로 엄마의 얼굴을 쓰다듬었다. 아유, 내 새끼. 엄마가 내 뺨에 입술을 갖다 대었다. 부드럽고 간지러운 물살이 내 뺨을 어루만지는 기분이었다.

"하이고, 그새 깜빡 잠이 들었네. 넌 일 마쳤냐?"

할머니는 벌떡 일어나 앉으면서 입가를 손바닥으로 훔쳤다. 침깨나 흘린 모양이었다.

"자리 깔아 드릴 테니, 얼른 씻고 주무세요."

엄마는 요를 깔고 이불을 꺼냈다.

"이것들 전화도 없지? 행여나 나, 여기 있단 소리 말아라. 내가 핸드폰을 아예 꺼뒀다."

크크, 행여나? 나는 할머니 몰래 웃음을 삼켰다. 정말 삼촌이 못 찾길 바란다면 여기로 올 리가 있겠는가. 눈 감고 아옹하기지.

"며느리 남편을 제 아들로 알면 삼대 미친년 중 하나라더니, 정말 그 말이 맞는 모양이네. 제 장모 칠순이라고 호텔 뷔페를 예약했다기에 그것까진 내가……."

"엄마, 어서 먼저 씻으세요. 나도 얼른 씻고 눈 붙여야겠어요. 낼 아침에 단체 주문 받은 게 있어서요."

엄마가 말을 잘라버리자, 할머니는 머쓱한 얼굴로 못 이기는 척 어기적거리며 욕실로 들어갔다. 나는 피식 나오는 웃음을 삼키고는 책상 앞에 앉다가 채송화 화분을 떠올렸다. 바깥 창틀에 놓인 화분을 나는 책상 위로 옮겨놓고 말했다.

"엄마, 채송화야."

엄마는 화분을 보고는 책상 앞으로 다가왔다. 단단하게 입을 다문 꽃들은 밤이슬을 맞아 촉촉이 젖어 있었다.

"웬 거야? 채송화를 참 오랜만에 보는구나. 예전에 네 외가 마당에는 이 채송화랑 분꽃이 지천으로 피곤했었는데……. 마당 없는 집에 살다 보니 이런 꽃들을 보기도 쉽지 않네. 언제 봐도 예뻐. 앙증맞기도 하고……. 우리 송화랑 꼭 닮았네."

"나랑 정말 닮았어? 약사 아저씨가 주셨어. 손님이 화분 몇 개를 사 들고 오는 걸 보시고, 내 생각이 나서 하나 달라고 부탁하셨대."

"고맙구나. 널 보면 딸 생각이 나는 모양이더라. 그 가족들은 나오려면 아직 보름이나 더 있어야 한대. 갑자기 거기 바쁜 일들이 생겨서……. 그 양반은 하루가 열흘쯤 여겨질 거야."

갑자기 바쁜 일이라는 게 고작 유럽으로 여행 다니는 거란 말이지? 얼마 전에 아저씨가 휴대폰에 대고 애타게 소리치던 일이 또다시 생각났지만, 엄마에게는 아무런 말도 하지 않았다. 욕실 문이 벌컥 열리는 소리가 나자 나는 재빨리 화분을 바깥 창틀에

도로 놓아두었다. 화분을 보고는 할머니가 분명 뭐라고 할 테고,
그 소리는 또 내 신경을 거스를 게 뻔하기 때문이었다.

"잠들 안 잘 거냐?"

할머니는 목에 수건을 두르고 욕실에서 나왔다.

"송화는 공부 좀 더 하다가 자야죠. 먼저 주무세요."

엄마는 나 대신 대답하고 욕실로 들어갔다. 화장대에 앉아 할
머니는 엄마의 기초화장품들을 차례차례 바르면서 손바닥으로
요란하게 얼굴을 두드려댔다. 내 시선을 느꼈는지 할머니는 변명
처럼 말했다.

"이렇게 해야 얼굴에 흡수가 잘 되지. 이왕 바르는 거, 효과가
커야 할 거 아냐?"

얼굴 면적이 유난히 넓어 우리 엄마 화장품이 많이 축날 거라
는 생각을 하며, 나는 피식 웃고 말았다. 할머니는 마지막으로 영
양 크림을 듬뿍 손가락으로 찍어 이마와 볼과 콧등에 바르고 문
질렀다. 그런 다음 하루의 일과를 무사히 다 마쳤다는 듯 이불 속
으로 들어갔다. 한참 할머니를 바라보다가 나는 다시 공부하기
시작했다. 간간이 할머니가 스탠드 불빛을 상대로 짜증만 부리지
않았다면 완벽하게 공부에 몰입할 수 있었을 텐데…….

새벽녘 어슴푸레한 빛이 창가에 어릴 무렵 나는 잠자리에 들
었다. 설핏 잠이 들려고 하는데 할머니의 짜증 섞인 목소리가 내
귓가를 흔들었다.

"눈이 부셔서 당최 잠을 잘 수 있어야지. 뭔 공부를 그리 별나게 하는고. 아이고, 팔다리가 다 저리네."

누가 여기서 주무시라고 붙잡았으면 큰일 날 뻔했겠네, 나는 획 돌아누웠다. 엄마도 그 소리에 일어나서는 바깥으로 나가는 눈치였다. 나는 모른 체 하고 눈을 꼭 감고는 잠을 도로 청했다.

꿈결에 두런두런 들리는 이야기 소리와 수선스럽게 움직이는 소리. 그 소리를 들으면서 나는 어딘가로 한없이 떠밀려 간다. 내가 가 닿은 곳은 꽃밭이다. 쨍쨍한 햇볕 아래 채송화들이 활짝 입을 벌리고, 그 한가운데 나는 누워 있다. 어느 순간 내 몸이 꽃으로 피어난다. 맑고 환한 햇빛이 그 위를 비춘다. 어디선가 불어오는 한 줄기 바람에 나는 흔들린다. 누군가 나를 부른다.

"채송화!"

엄마가 나를 흔들어 깨웠다. 번쩍 뜬 내 눈에 먼저 들어오는 것은 가방을 든 삼촌과 그 옆에 선 할머니의 모습이었다. 나는 자리에서 발딱 일어났다.

"어서 가세요. 이러다가 출근 시간에 늦단 말이에요."

삼촌의 볼멘소리에 할머니의 푸념은 시작되었다.

"누가 데리러 오래? 마지못해 온 걸 누가 모를 줄 알고? 이눔아, 에미한테 그러는 거 아니다. 천벌을 받을 줄 알아라."

"천벌은 무슨……. 내가 무슨 죄지었다고, 정말 어이가 없네."

그들 눈에 나는 들어오지 않는 모양이었다. 나는 인사를 생략

144

하고 욕실로 들어갔다. 물소리 사이로 할머니와 삼촌이 싸우는 소리, 엄마가 옆에서 참견하는 소리가 들리더니 스위치를 누른 것처럼 어느 순간에 뚝 끊겼다. 내가 욕실에서 나갔을 때는 토스트 위에 잼을 바르는 엄마만 보였다.

"다들 가셨어?"

엄마는 어둡고 쓸쓸한 얼굴로 힘없이 고개를 끄덕였다. 분명 엄마는 할아버지 생각을 하고 있을 것이다. 참으로 모를 일이다. 할아버지가 살아 있을 때까지는 그들은 분명 사이가 그런대로 괜찮은 모자간이었다. 그런데 할아버지가 세상을 뜨자 어떻게 저런 관계로 바뀌고 말았을까? 우리 엄마까지 자주 우울하게 만드는 저들의 관계에 나도 이제 질릴 지경이다. 쌉싸래한 냄새와 함께 흰색 가운을 입은 할아버지가 떠오른다. 저승에서라도 할머니와 삼촌의 곤두선 신경들을 누그러지게 하는 약을 조제 할 수 있다면 좋을 텐데⋯⋯. 어이없는 내 생각에 할아버지는 웃음이 나는 모양이다. 하지만 눈에 담은 슬픔 때문에 입매가 일그러지면서 할아버지는 우는 모습이 되고 만다. 나는 안타깝게 그를 불러보지만 끝내 웃음을 보여주지 못하고 내 눈앞에서 사라지고 만다.

"빨리 먹고 학교 가야지."

엄마의 재촉에 토스트와 우유를 급하게 먹다가 나는 창가로 갔다. 채송화는 어느새 꽃잎을 활짝 열어 아침 햇살을 맞아들였다.

"안녕? 학교 다녀올게."

가방을 메고 나서는 내 등 뒤에서 손바닥을 펴듯 꽃잎을 활짝 벌리고 꽃들이 인사를 하는 것 같다. 꽃들의 배웅을 받으며 등굣길에 나선 나는 아침의 우울한 일은 어느새 말끔히 잊어버리게 되었다.

"뭔 좋은 일이라도 있어? 아니면 벌써 눈치챈 거야?"

교문 앞에서 뒤따라오던 서경이 말을 붙였다.

"눈치를 채다니, 뭘?"

"우리 엄마가 사 온 네 선물 말이야."

서경 엄마는 내게 휴대폰으로 전화할 때마다 미안하다는 소리 끝에 너같이 공부 잘하는 친구를 둬서 그나마 다행이란 소리까지 하더니, 그 말이 진심인 듯했다.

"내 선물도 정말 사 오신 거야? 그나저나 윤서경, 이제 또 꼼짝도 못 하게 생겼네. 내 선물은 뭐야?"

"모자. 빨간 모자야."

"빨간 모자? 하필이면 빨간색이야? 피자 배달 가야겠네."

나는 '빨간 모자'라는 피자가게의 상호를 떠올리며 약간 불만스럽게 말했다.

"넌 피자를 먼저 떠올리는구나. 나는 빨간 모자라는 동화가 생각났는데……. 늑대 뱃속에 들어간 빨간 모자 말이야. 너랑 이미지가 비슷하잖니? 우리 엄마가 백화점을 돌다가 그 모자를 보는

순간 갑자기 네가 떠올라서 사셨단다. 송화가 어쩌면 싫어할지
모른다고 했더니 일단 써보면 맘에 쏙 들어 할 거라고 하더라. 이
따 교실에서 써 봐."

선물인데……. 내 마음에 들고 안 들고를 따질 수 없는 노릇이
었다. 나는 고개를 끄덕였다. 서경은 또다시 시작된 엄마의 간섭
에 대한 불만을 토로하기 시작했다. 하지만 얼마 늘어놓지 못했
는데 우리는 곧 교실로 들어가야 했다. 서경은 제 자리에 가방을
놓자마자 선물꾸러미를 꺼내 들었다.

"어서 써봐."

앞부분에는 창이 달렸고, 중간에는 녹색 로그가 들어간 빨간
모자였다. 나는 서경의 재촉에 못 이기는 척하고 썼다.

"어머나, 대박! 채송화! 정말 채송화 같네."

"빨간 채송화가 활짝 피었습니다."

주위에 아이들이 모여들어 환호성을 지르며 야단을 부렸다.
누군가 내 앞에 손거울을 내밀었다. 정말 서경 엄마의 말대로 내
맘에 쏙 들었다.

"감사하다고 전해줘. 그리고 내가 아주 좋아한다고……. 계속
옆에서 윤서경을 잘 관리할 테니까 안심하시라는 말도. 알았지?"

"선물이 아니라 뇌물이네, 뇌물."

서경은 이렇게 중얼거리고는 휴대폰으로 내가 모자 쓴 모습을
찍었다. 주위에 모여든 아이들이 여전히 떠들어댔다. 담임 선생

님이 들어온 것도 모를 지경이었다. 선생님은 출석부로 교탁을 치다가 나를 발견했던 모양이었다.

"아니, 얘들이……. 시험이 얼마 남았다고, 아침 자습 시간에 이렇게 떠들어대고 있냐. 채송화, 앞으로 나와. 모자 벗지 말고."

뒤늦게 선생님을 발견하고 재빨리 모자를 벗으려는 순간이었다. 어쩔 수 없이 나는 모자를 쓴 채 교단 앞으로 불려 나갔다. 좀 전까지 잘 어울린다던 아이들은 갑자기 내 모습이 우스꽝스러워졌는지 킥킥거리며 여기저기서 웃기 시작했다.

"넌 아침부터 모자를 쓰고 어디, 산에라도 가냐? 애들 다 불러 모아 무슨 짓이야? 학교엔 뭣 땜에 빨간 모자를 쓰고 나타났어? 채송화, 갑자기 너 어떻게 된 거 아냐?"

선생님의 옅은 하늘색 실크 블라우스에 달린 리본 끝이 파르르 떨렸다. 모자 하나 때문에 졸지에 완전히 정신 나간 애가 되고 말았다. 나는 모자를 홱 벗으면서 말했다.

"모자를 쓰고 학교에 온 게 아니라 학교에 와서 모자를 썼어요."

"좋아, 그렇다면 뭣 땜에 모자를 들고 와선 아침부터 덮어쓰고는 애들을 주위에 불러 모았냐고? 교실 분위기를 다 망쳐 놓았잖아. 공부 좀 한다고 늘 봐줬더니, 영 안 되겠네."

아니, 자기가 날 봐준 게 뭐가 있다고? 나야말로 하도 우리 앞에서 예쁘게 보이려고 안간힘을 쓰는 노력이 가상해서 잘 봐주려

했는데 정말 안 되겠네. 선생님은 앙칼지게 따지면서도 한쪽 손으로는 흘러내리는 머리를 연방 쓸어 올렸다. 나는 침을 꼴깍 삼키고는 눈을 똑바로 뜨고 말했다.

"모자는 서경 엄마가 제게 선물하신 거예요. 그걸 오늘 아침에 서경이 제게 전달한 거고요. 그리고 선물을 받았으니까 한번 써 보는 게 당연하지 않아요? 애들은 제가 불러 모은 게 아니라 지네들이 제 주위로 모여들었을 뿐이에요."

"그래서 교실 분위기가 흐려진 건 내 책임이 아니다, 이 뜻이니?"

당근이죠, 하고 대꾸하려다 차마 그럴 수 없어서 나는 입을 다물고만 있었다. 당돌한 내 태도를 혼낼, 적절한 말을 선생님은 당장 찾아내지 못한 듯했다. 그래선지 그녀는 그 말 대신 내 귀에까지 들려오는 혼잣말을 했다. '가정환경이라는 건 역시 무시할 수 없다니깐.' 그 순간 내 눈에서 파르르 불꽃이 일었다. 나는 그 불꽃으로 선생님을 태우기라도 할 듯 노려봤다. 내 눈을 피하며 그녀는 내뱉듯이 한마디 했다.

"들어가!"

나는 못 들은 척 가만히 서 있었다. 그러자 악에 받친 음성으로 들어가라고 소리를 질렀다. 나는 신발 끄는 소리를 요란하게 내며 내 자리로 들어와선 또다시 그녀를 노려보았다. 한 마디만 더해 봐, 가만히 안 있을 테니까. 그녀는 의도적으로 내 쪽에 시선을 주지 않고 빠르게 지시 사항을 전달하고는 교실을 나갔다.

"미안해서 어떡하니?"

서경이 내 자리로 쪼르르 와서는 내 손을 잡았다.

"미안하긴, 네 잘못이 아니잖아?"

"얘, 근데 우리 담탱이, 잘못 찍었어. 다른 애도 아니고 널 찍은 건 실수야. 네가 그렇게 따지고 드니 더 이상 할 말이 없는 모양이더라. 나중엔 널 슬슬 피하는 눈치였어."

선생님의 혼잣말을 들은 사람은 아무래도 나뿐인 듯했다. 가정환경을 무시할 수 없다는 말이 송곳처럼 내 속을 쑤셔대기 시작했다. 나는 아픔을 참으며 피식 웃고는 말했다.

"글쎄. 그런 것 같아? 설마하니 내가 무서워서 피했겠니? 상대하기가 귀찮으니까 아예 무시해 버린 거겠지."

"그건 아닌 것 같아. 우리 담탱이, 카리스마가 있어서 애들을 휘잡거나 꼼짝 못 하게 하는, 그런 스타일이 못 되잖아. 오로지 자기 외모에만 신경 쓰지. 예쁘게 꾸며서 학교에 왔다 갔다 하는 걸 낙으로 여기는 것 같아."

서경답지 않게 예리하게 내린 판단에 대해 내가 맞장구를 채치기도 전에 1교시 시작종이 울렸다. 서경은 아자, 하면서 주먹을 불끈 쥐어 보이고는 제 자리로 뛰어갔다. 수업은 시작되었지만 내 머릿속에서는 담임이 한 말이 자꾸만 뱅글뱅글 돌아갔다. 흔히 말하는, 결손 가정에서 자라는 애들 티가 내게 난단 말이지? 혼잣손일망정 최선을 다해 키우는 엄마 밑에서 자라고 있음에도 불구하고……. 가정환경이 나쁘면 어쩔 수 없단 말이지? 내 짝 은서가 고양이의 종을 따지듯, 사람도 태어나고 자란 가정환경을 따지는 모양이지? 이런 생각들은 하루 종일 나를 우울하게 하면서 결국엔 절망적인 슬픔에 빠뜨렸다.

학교에서 돌아온 나를 맞는 엄마는 손이 바빠 미처 내 얼굴을 제대로 보지도 않았다. 가정환경이란 단어를 또다시 떠올리며 나는 안으로 들어가는 문을 밀었다. 언제나 그렇듯, 그곳은 캄캄한 어둠이 시커멓게 괴어 있었다. 불 켜는 것을 잊은 나는 그 어둠 속에 망연히 섰다가 결국 울음을 터뜨리고 말았다. 해묵은 울음과 함께 눈물이 출렁이며 내 몸을 적셨다. 멈추지 않는 눈물에 실려 내 몸이 어디론가 한없이 흘러갔다.

"어머, 불도 안 켜고? 아니, 얘가…… 송화야…….."

잡아채는 듯한 손길에 떠다니던 내 몸이 멈추었다. 나는 눈을 반쯤 떴다. 어둠 대신 환한 빛이 내 몸을 감싸고 있었다.

"애, 정신 차려. 교복도 안 벗고……. 어디, 아픈 거야? 열이 약간 있는 것 같기도 하고……."

내 이마를 짚어오는 엄마의 손. 그 손이 주는 따스함과 믿음에 나는 그만 안도의 눈물을 흘리고 말았다.

"송화야, 무슨 일이니? 응, 많이 아퍼?"

불안하고도 다급하게 들리는 엄마의 말에 나는 고개를 흔들면서 자리에서 일어났다.

"아아니, 꿈을 뀄던 것 같아"

"무슨 꿈? 눈물까지 흘리면서……. 근데 웬 낮잠이야?"

그새 엄마는 여유가 생긴 걸까, 낮잠 잔 걸 다 들먹이는 걸 보면. 안 그러면 우리 엄마가 아니라고 할까 봐? 나는 손바닥으로 눈가를 훔치며 말했다.

"무섭고 슬픈 꿈이었어. 나 혼자 어디로 가고 있었어."

"아픈 건 아니지? 어쨌든 다행이다. 그나마 내가 제일 감사하게 여기는 건 우리 모녀가 아프지 않고 이만큼 살아온 거야."

엄마는 내 이마 위로 내려온 머리카락들을 쓸어 올려주면서 말했다.

"누구한테 감사하게 생각하는데? 엄만 종교가 없잖아?"

"두루두루. 신이라고 이름 붙인 모든 것에."

부처, 예수, 마리아, 마호메트, 조상님들, 신령님……. 모든 신들이 힘을 합쳐 우리 모녀를 도와달라고 엄마는 매일 기도하는 건 아닐까? 엄마는 식탁 위에 놓아둔 간식을 가리키고는 또다시 가게로 나갔다. 비록 조그맣지만 탄탄하고 옹골찬 엄마의 등을 보며 나는 '가정환경'이란 단어 자체를 내 머릿속에서 완전히 삭제해 버리려고 마음먹었다. 나는 가방 속에서 빨간 모자를 꺼내어 썼다. 그런 다음 거울 앞에 섰다.

"와우, 기가 막히게 잘 어울린단 말이야."

스스로 만족해하며 나는 거울에 이리저리 비추어 보았다. 내 머리는 빨간 채송화를 활짝 피운 듯했다. 그러자 창밖에 둔 채송화 화분이 생각났다. 채송화들은 여전히 싱싱하고 아름다웠다. 나는 화분을 가슴에 안고 휴대폰으로 사진을 찍었다. 내 머리 위의 빨간 채송화. 나는 그것도 아름답고 싱싱하게 가꿀 것이다. 그러기 위해 내가 제일 먼저 해야 할 일은 필요 없는 잡초를 뽑아내듯, 내 인생에 도움이 되지 않는 생각이나 기억 따위를 지워버리는 것이었다.

나는 사진을 확대해서 책상 위 벽에 붙여두었다. 빨간 모자를 쓰고 화분을 안은 사진은 그 어느 사진보다 내가 멋지고 당차게 보였다.

# 낡은 잿빛 건물

휴일이라 좀 늦게 일어날 생각으로 침대에서 미적거렸다. 하지만 밖에서 들려오는 소음 때문에 누워 있을 수가 없었다. 나는 옷을 갈아입고 밖으로 나가보았다. 우리 건물 앞에 고가 사다리가 놓여 있었고, 그 위로 짐들이 내려왔다. 4층에 세 들어 있는 사무실이 이사 가는 모양이었다. 짐은 주로 끈으로 묶은 책들이었다. 무슨 사무실이기에 저렇게 책들이 많을까, 하는 생각을 하면서 나는 건물을 올려다보았다. 이곳에 이사 온 지 거의 두 달 가까이 되지만 나는 아직도 이 건물을 유심히 들여다본 적이 없는 것 같다. 1층에 있는 우리 가게와 약국만 늘 오갔을 뿐, 위쪽으로 올라가 본 적도 거의 없다. 그 위에는 노래방과 세탁소, 그리고 주로 사무실들이 있는 듯했지만 나는 거기에 입주해 있는 사람들의 얼굴은 물론이고 무슨 일들을 하는 사무실인지 전혀 알지 못했다. 그런데 주말 아침, 한산한 거리에 우중충한 회색을 띤 지상 4층짜리 건물이 내 시선을 끌기 시작하면서 여기 세 들어 있는 사람들이 갑자기 궁금해졌다. 내 궁금증을 더해주려는 듯, 고가 사다리로 짐들이 계속 내려오고 한편에서는 인부들이 열심히 계단을 오르내리며 또 다른 짐들을 날랐다. 그 광경을 지켜보다가 우연히 내 눈에 들어오는 중년의 한 남자.

그 남자는 매우 마른 체격을 하고 있었다. 이마를 반쯤 덮은 부스스한 머리카락과 동그란 안경이 인상적이었다. 나는 그를 자꾸만 흘긋거렸다. 그는 내 시선 따위는 안중에도 없다는 듯, 양손을 바지 주머니에 넣고 짐들 옆에 우두커니 서 있었다. 그도 짐의 일부처럼 여겨졌다. 무표정한 얼굴과 깡마른 몸매를 한 그가 우중충한 빛깔을 띠고 도심의 한복판을 차지하고 있는 건물과 어울려 보였다.

"이 건물을 사려고 약사 아저씨가 은행 대출을 많이 받았대. 그래서 월세를 올려야 된다고……."

엄마는 우리가 여기로 거처를 옮겨야 하는 이유를 이렇게 설명했다. 낡고 보잘것없어 보이는, 이딴 건물을 사려고 아저씨는 은행 빚까지 졌단 말이지? 그래서 자신도 옹색하게 여기다 거처를 정해두고……. 도무지 나는 아저씨를 이해할 수 없다. 이 건물이 꽤 값나가는 모양이지만 내 눈엔 형편없이 낡아 보일 뿐이다. 새삼스럽다는 듯 건물과 그 남자에게 시선을 한 번씩 더 주고는 우리 가게로 나는 발걸음을 옮겼다.

그새 엄마는 아르바이트하는 언니와 함께 단체 주문받은 샌드위치를 만들 준비를 했다. 일회용 비닐장갑을 낀 손들이 바쁘게 움직이다가 나를 발견한 엄마와 언니가 동시에 똑같이 물었다.

"언제 나갔어?"

내가 나가는 것을 둘 다 보지 못한 모양이었다.

"좀 전에. 밖이 시끄러워서……. 여기 4층, 이사 가나 봐. 근데 책들이 엄청 많더라."

엄마는 냉동고에서 빵을 꺼내면서 말했다.

"출판사였으니까. 결국 회사 문을 닫나 보네."

언니는 빵 사이에 샐러드를 끼워 넣으면서 말을 거들었다.

"사장이 시인이라 주로 시집을 출판한 모양이더라고요. 누가 요즘 시집을 사 봐요? 자기계발서나 처세술이나 아니면 젊은 여자들 이야기를 쓴 소설이면 몰라도……. 그러니 문을 닫게 되죠."

혹시 그 남자가 사장인가? 그러면 시인이란 말이지? 맞아, 어쩐지……. 그런 분위기였어. 나는 고개를 끄덕이며 언니를 바라보았다. 그녀는 이른 아침에 출근하느라 화장을 아예 하지 않은 듯했다. 눈가에 판다처럼 번진 마스카라나 아이섀도우가 없으니 훨씬 깨끗하고 신선하게 보였다. 화장을 안 하는 편이 훨씬 낫다고 말해줘도 언니는 바쁜 시간이 지나면 갖가지 화장품들을 꺼내

놓고는 또다시 화장할 게 뻔했다.

"그런데 넌 어떻게 그렇게 잘 아니? 여기 사는 나도 잘 모르는데……."

엄마는 의아해하며 언니에게 물었다.

"제 친구가 거기에서 아르바이트했어요. 두 달인가 일했는데, 결국 돈도 다 받지 못했대요, 글쎄. 사정이 너무 딱해 보여서 친구도 돈 받는 거 그만 포기를 했다나요."

"그랬구나. 딱하기도 하네. 오죽 사정이 어려웠으면 그런 돈을 다 못 줬을까, 쯧쯧."

엄마는 혀까지 차며 출판사 사장을 동정했다. 일해 주고 돈을 못 받았다는 언니의 친구보다도 나는 좀 전의 그 깡마른 남자가 떠올라 가슴이 먹먹해지는 것 같았다. 내 기분 따위를 알 리 없는, 엄마와 언니는 그런 얘기를 나누면서도 손들이 착착 맞아 샌드위치를 하나 완성하는 데 3분도 채 걸리지 않았다. 나는 그들의 손놀림을 잠시 넋 놓고 보다가 출입문이 열리는 소리가 나서 돌아보았다. 약사 아저씨가 들어왔다.

"어서 오세요."

엄마와 언니가 또 동시에 소리쳤다. 연이어 나도 인사를 했다. 그는 고개를 한 번 숙이는 것으로 우리의 인사에 대답했다. 그는 자리를 잡고 앉으면서 말했다.

"지금 하나 먹을 수 있습니까? 이른 아침부터 이사 나가는 데

왔다 갔다 하다 보니 출출해서요."

언니가 얼른 샌드위치와 커피를 쟁반에 담아서 아저씨 앞에
내놓았다.

"아저씨, 플루토 아침은요? 왜 안 데리고 왔어요?"

"쟤는……. 바쁘신데, 아침부터 고양이 안고 다니시겠어? 그
리고 이런 데 어떻게 고양이를 데리고 오니?"

엄마는 내게 면박을 주면서 고양이를 싫어하는 표시를 확실하
게 했다. 나는 입을 비죽거리고는 엄마에게 눈을 흘겼다. 그런 다
음 나는 그와 눈을 맞추었다. 어두웠던 그의 얼굴에 엷은 웃음이
잠시 지나갔다.

"이 위에 출판사가 이사를 나가는 모양이죠?"

엄마의 물음에 그가 고개를 끄덕이고는 말했다.

"회사 문을 닫고 나가니 내보내는 사람 마음도 참 편치를 않습
니다. 사장 얼굴이 들어올 때보다 훨씬 수척해 보입니다. 그간 얼
마나 시달렸는지……."

그는 자신이 회사가 안 돼 시달렸던 사람 같은 얼굴을 하고 침
통하게 말했다. 정작 그 남자의 얼굴에서는 아무런 감정도 느껴
지지 않았었는데……. 엄마는 지나가는 말투로 물었다.

"새로 들어올 세입자는 구하셨어요?"

그는 샌드위치를 한 입 베물고 우물거리다가 대답했다.

"아뇨, 아직. 요즘 빈 사무실이 많다는데, 걱정입니다."

엄마는 그의 말에 고개를 끄덕이다가 내게 눈짓했다. 여기서 이러고 있지 말고 안으로 들어가 공부할 태세를 갖추라는 뜻이었다. 어떤 상황에서도 엄마는 내가 공부해야 한다는 걸 잊지 않았다. 나는 잠시 모른 체 하다가 따가운 엄마의 눈총을 견디지 못하고 결국 자리에서 일어나고 말았다.

나는 안으로 들어가 샤워부터 시작했다. 미지근한 물을 맞고 있으니 찌뿌드드하던 몸이 조금씩 개운해지는 느낌이었다. 아직 좀 남은 바디샴푸를 두고 새것을 열었다. 들꽃 향이 코끝에 와 닿으면서 깡마른 얼굴에 동그란 안경을 쓴, 그 남자의 얼굴이 떠올랐다. 그러자 들꽃 향은 짙은 슬픔이 되어 온몸으로 번져 났다. 바스러질 듯한 얼굴로 짐의 일부처럼 서 있는 남자와 회색빛의 우중충한 건물이 하나의 영상을 이루며 내 눈앞에 떠올랐다.

그동안 나는 몸을 담고 있는, 이 어둡고 좁은 공간이 늘 불만이었을 뿐 정작 외관에 대해서는 무관심했었다. 그런데 오늘 아침, 건물 전체를 눈여겨보고 나니 비감스러운 기분이 들었다. 낡은 건물에 칠해진 회색이 내 열다섯의 푸르름을 우중충하게 흐려놓는 것 같다. 회색과 어둠과 낡음의 단어들로 내 나이 열다섯을 떠올릴 수 있다는 사실이 너무 속상하고 슬프다.

며칠 후, 학교에서 돌아오다 보니 또다시 건물 앞에 고가 사다리가 놓여 있었다. 빈 사무실에 누군가 들어오는 모양이었다. 이번에는 컴퓨터를 든 인부들이 바쁘게 오갔다. 약사 아저씨는 약국 앞에 나와 있었다.

"이사 오나 봐요?"

"응, 이제 학교서 오니?"

나는 고개를 끄덕였다. 아저씨는 걱정했던 것과 달리, 사람이 빨리 들어오게 되어 기분이 좋은 듯했다. 그는 불룩한 배를 흔들며 약국과 이사하는 데를 바쁘게 왔다 갔다 했다.

"뭣 하는 사무실이래요?"

나는 그 틈을 타서 별로 궁금하지도 않은 질문을 했다.

"게임방이란다."

출판사가 게임방으로 변하는 것이 불과 며칠 사이라니. 왠지 그러면 안 될 것 같아 나는 고개를 저었다. 내 옆에 있던 플루토가 내게 동조한다는 듯 야옹 소리를 냈다. 나는 플루토의 목덜미와 등을 한 번 쓰다듬어 주었다.

도심의 건물은 빈 곳이 있기만 하면 사람들은 가리지 않고 들어오는 모양이다. 아무리 낡고 형편없는 곳일지라도 비싼 전세 보증금이나 월세를 내고……. 그러니 아저씨 같은 사람들은 은행 대출을 받아서라도 건물을 장만하나 보다. 나 같으면 이런 건물을 공짜로 준다고 해도 마다할 텐데……. 사람들은 길을 지나가다 잠시 발을 멈추고 이사하는 모습을 지켜보기도 했다. 인부들은 목에 걸친 수건으로 땀을 닦으며 부지런히 짐들을 날랐다. 새로운 게임방이 들어서는 건물을 나와는 무관한 듯 한 번 쓱 올려다보고는 우리 가게로 갔다.

엄마는 커피를 마시다가 나를 맞았다. 헤이즐넛 향이 내 코에
까지 와 닿았다.

"음, 참 커피 향이 좋다."

커피잔 가까이에 내가 코를 갖다 댔지만, 엄마는 무슨 생각에
골똘히 빠져 있는지 이렇다 할 반응을 보이지 않았다.

"출판사 하던 사무실에 게임방을 한대. 지금 이삿짐들이 들어
가던데? 몰랐어?"

엄마는 그제야 정신이 드는 얼굴을 했다.

"게임방이래? 하이고, 얼마나 시끄러울까? 애들이 왔다 갔다
할 텐데……. 아니지, 어쩌면 게임 하다 배가 고프면 샌드위치들
을 사 먹을 수도 있겠지?"

현실적일 수밖에 없는 우리 엄마. 나는 엄마의 말에 쓴웃음을
짓다가 한술 더 떠서 말했다.

"아무래도 그렇겠지? 우리 가게가 엄청 잘 됐으면 좋겠다. 그
래서 우리도 빨리 이사 가고, 친구들도 데려오고……. 아, 그러
면 얼마나 좋을까?"

너무 진도를 많이 내버린 걸까? 엄마는 나를 물끄러미 바라보
더니 한숨을 쉬고는 말했다.

"그렇구나. 그러고 보니 네 친구들을 통 볼 수가 없었네. 우리
송화, 마음고생이 심했구나. 엄마가 미처 챙겨보지도 못했네."

내 의도와 다르게 엄마의 마음만 아프게 하고 말았다. 나는 엄마가 마시다 만 커피를 홀짝거렸다. 갈색의 액체는 쓴맛을 내며 내 속과 내통이라도 하는 듯했다. 그걸 천천히 음미하려다 갑자기 한꺼번에 들어오는 손님들 때문에 나는 커피잔을 그만 내려놓고 말았다.

위에서 우당탕하는 소리, 못 박는 소리, 드릴로 벽을 뚫는 소리……. 갖가지 소음들이 뒤섞여 내 머리를 흔들었다. 이 상태에서 공부한다는 건 무리였다. 독서실이라도 가는 수밖에 없었다. 나는 가방에 책들을 챙겨 넣고 가게로 나왔다.

"엄마, 독서실 갈게."

"독서실? 왜, 공부가 잘 안돼?"

엄마는 내가 독서실 가는 게 마땅찮은 모양이었다.

"너무 시끄러워서. 위에서 한바탕 전쟁이라도 하는 것 같아."

엄마는 돈을 꺼내주면서 위쪽에다 시선을 주었다. 가게서는 소음이 덜 들리긴 했지만, 엄마도 얼굴을 약간 찌푸렸다.

"하여튼 여긴……. 여러 가지로…… 어쩌겠니?"

"다녀올게."

그새 짐을 다 날랐는지 고가 사다리가 치워졌지만, 건물 주위는 종이 상자와 노끈들로 지저분하게 어질러져 있었다. 약사 아저씨는 손님들에게 약을 파느라 더 이상 이사하는 데 나올 수 없는 듯했다. 나는 건물을 올려다보며 휘파람을 한 번 분 뒤, 빠른 걸음으로 거기서 벗어났다.

횡단보도를 건너 길모퉁이를 돌았다. 그러자 반짝거리는 유리를 수없이 단, 짙은 분홍색 건물이 눈에 쏙 들어왔다. 얼마 전까지만 해도 리모델링 하느라 천막을 두르고 요란한 소리를 내며 보수 작업을 했었다. 그러다 어느 날 그것들을 걷어내자 깔끔하고 세련된 모습이 드러났다. 그즈음 건물의 3층에 독서실이 새로 생겼다는 걸 알리는 전단지가 매일 신문 사이에 끼어져 들어왔다. 냉방 완비, 최신식 시설, 조용한 분위기……. 나는 이런 광고 문구들을 보며 이런 데서 공부하면 정말 잘 될까, 하는 생각을 하곤 했었다. 출입구에 서서 건물을 다시 올려다보았다. 고급스러운 자재에서부터 은은한 광택이 나면서 우아하게 느껴졌다. 내가 살고 있는, 낡고 우중충한 회색 건물과는 여러모로 비교도 되지 않았다. 나는 문을 밀고 들어서서 복도 한가운데 깔린 붉은 카펫을 밟고는 승강기 버튼을 눌렀다. 여기선 나도 모르게 조심스러워져 손동작 발걸음 하나하나에도 신경이 쓰였다.

독서실은 너무나 냉방이 잘 돼 추웠다. 긴팔 옷을 챙겨오지 못한 것을 후회하면서 나는 자리에 앉았다. 혹시 재채기라도 쏟아져 나오면 어떻게 할까, 하는 염려가 들 정도로 실내는 추웠고 조용했다. 책장 넘기는 소리까지 신경이 다 쓰였다. 얼마 못 가서 나는 책상 위에 엎드려 눈을 감고 잠시 휴식을 취해야 했다.

쿵쿵, 어디선가 북소리가 희미하게 들려오는 듯하다. 소리 나는 곳을 찾기 위해 나는 밖으로 나간다. 희미한 새벽빛 속에서 누군가 팔을 휘두르는 것이 보인다. 가까이 다가가서 보니 손에 망치를 들고 있다. 망치를 휘두를 때마다 사방을 둘러싸고 있는 벽이 갈라지면서 시멘트와 모래들이 흘러내린다. 금방이라도 벽은 허물어져 내릴 듯하다. 보다 못해 나는 망치 든 손을 잡는다. 그러자 망치를 든 사람이 뒤를 돌아본다. 아, 그런데 그는 약사 아저씨다! 나는 놀라서 말을 더듬거린다.

"아, 아저씨…… 왜, 왜?"

"이 건물이 너무 낡고 지저분해서 없애버리려고."

비장한 결심을 한 사람처럼 엄숙한 얼굴을 하고는 겨우 망치로 건물을 때려 부수려고 하다니. 갑자기 그런 그가 우습기도 하고 두렵기도 하다.

"아저씨, 정신 차리세요. 그깟 망치 하나로 건물을 없애요? 도끼도 아니고……. 아예 불도저로 확 밀어버리시는 게 어때요?"

"그럴 순 없어. 어떻게 내가 아끼는 건물을 한꺼번에 밀어버릴 수가 있어? 망치로 조금씩 부수면서 사라지는 건물의 아픔을 함께하려 한단 말이야."

사라지는 건물의 아픔? 깔깔거리고 웃다가 나는 또다시 옆에서 참견한다.

"정 그렇다면 그대로 놔두면 되잖아요?"

"나도 그러고 싶다만 너 때문이야. 네가 얼마나 싫어하냐? 마치 흉물처럼 여기는 널 볼 때마다 내 마음이 편치 않단다. 어쨌든 넌 입 다물고 잠시 가만히 있어라."

마지막 말은 단호하게 내게 명령하듯 한다. 나는 어쩔 수 없이 입을 다문다. 쿵쿵, 그는 한 손으로 망치를 내리치고 다른 손으로는 가슴을 쓰다듬는다. 정말 아픔을 함께하는 모양이다. 그러다 어느 순간, 내 눈앞에 벽이 사라지고 사방이 훤히 트였다. 건물과 함께 그도 어디론가 사라지고 없다. 건물이 있던 자리는 공터가 되어 여기저기서 잡초와 꽃들이 피어난다. 나는 그를 찾기 위해 주위를 자꾸 둘러본다. 그러다 그의 모습 대신 가쁜 숨소리와 쿵쿵거리는 심장 소리를 듣는다. 그 순간 나는 목멘 소리로 그를 안타까이 부른다.

"아저씨…… 아, 아저……."

누군가 내 몸을 흔드는 손길이 느껴졌다. 나는 책상 위에 엎드렸던 고개를 들고는 입가를 손바닥으로 닦았다. 그새 어떻게 침까지 흘리며 잠이 들었을까, 하는 생각이 드는 순간 나는 옆에 서 있는 사람을 발견했다.

"잠꼬대까지 하기에 깨워주려고……."

좀 전 독서실에 들어올 때, '독서실 내에서 지켜야 할 수칙'이라고 프린트된 종이를 주던 사람이었다. 그러고 보니 독서실 총무인 모양이었다. 나는 민망해서 뭐라고 할 말이 없어 펴놓은 책을 들여다보는 척했다. 그도 더 이상 아무런 말을 하지 않고 다른

자리로 갔다. 꿈속에서 들려오던 아저씨의 쿵쿵거리는 심장 소리
가 생생하게 내 귓가에 남았다. 나는 그 소리를 지우려는 듯 고개
를 흔들면서 중얼거렸다. 공부하러 독서실에 와서 잠을 자다니,
나도 참.

벌써 책상 위나 칸막이에 해놓은 낙서가 눈에 띄었다. 깨끗한
바탕이라 몇 줄 안 되는 낙서지만 눈에 거슬렸다. '행복은 성적순
이 아니야, 대학이 인생의 전부냐, 공부 공부 공부 누가 만들었
나, 시험 없는 세상으로 날아가고파……' 이런 깨끗한 곳에 낙
서할 생각이 어떻게 날까? 하지만 나도 장담할 수 있을지 모르겠
다. 공부하다 너무 지겨우면 저절로 손이 움직여 이런 낙서를 할
지…….

공부하기에 거의 완벽한 분위기였지만 오히려 집중이 잘 되지
않았다. 이런 분위기에 익숙하지 않은 탓일 것이다. 내 마음을 눈
치챘는지 엄마가 문자 메시지를 보내왔다.

─공부는 잘되냐?

나는 약간 망설이다가 답을 했다.

─곧 갈 거얌.

그런 다음 더 이상 망설이지 않고 나는 책들을 챙겨 독서실을
나왔다. 길모퉁이를 돌아 횡단보도를 건너자 낡은 회색 건물이
제일 먼저 눈에 들어왔다.

어두워지는 하늘과 비슷한 색을 띤 건물이 환하게 밝혀진 불

빛으로 인해 밤에는 제법 아름답게 보이기까지 했다. 내 꿈속과 달리 건물은 여전히 건재했다. 꿈속에서 망치를 든 손으로 벽을 때려 부수던 아저씨는 손에 약 봉투를 들고 손님들에게 열심히 설명하고 있었다. 나는 웬일인지 그냥 지나칠 수가 없어 약국으로 들어갔다. 플루토가 꼬리를 세우고 나를 보고 반겼다. 플루토를 안아 주자 혓바닥으로 내 손등을 핥았다.

"또 학원 갔다 오니?"

아저씨는 손님들이 다 빠져나가자, 피곤한 듯 소파에 걸터앉으면서 말했다.

"아뇨, 독서실에 다녀와요."

"독서실? 왜, 집에 혼자만 있을 텐데……."

그는 가슴에 달린 호주머니를 더듬어 담뱃갑을 찾았다. 또 담배 생각이 나는 모양이다.

"위층에서 이사하느라…… 너무 시끄러워서요."

"아, 그랬구나. 여러 세대가 있다 보니……. 아무래도 단독주택이나 아파트보다 여러 모로 불편하겠네."

그런 사실들을 처음 안 사람처럼 그는 말하면서 심각한 낯빛을 했다. 꿈속처럼 그가 망치를 들고 건물을 때려 부수면 어떡하나, 하는 쓸데없는 걱정이 앞서 나는 괜찮다고 하고서는 덧붙여 말했다.

"아저씨, 또 담배 피우시려고요? 건강에 해롭다니까요."

"허허, 알았다. 딱 한 개비만 피우자. 오늘은 이사하는 데 왔다 갔다 하랴, 처방전 손님이 유달리 많아 조제 하랴, 엄청 바쁘고 힘든 하루였다. 지금 딱 한 개비만, 응?"

나는 고개를 끄덕이고는 일어섰다. 그는 내 뒤를 따라 나와서는 담배에 불을 붙였다. 해 저무는 저녁, 길가에 서서 담배의 첫 모금을 깊이 빨아대는 그의 옆얼굴이 왠지 어둡고 쓸쓸해 보였다. 나는 휘파람을 길게 불었다. 내 휘파람 소리도 어두운 저녁 공기에 섞여 쓸쓸하게 울렸다.

엄마는 김치찌개를 끓여놓고 나를 기다렸다. 얼큰한 국물이 목을 넘어가는 순간 좀 전의 우울했던 기분이 말끔히 가셨다. 나는 엄지손가락을 내밀며 역시 엄마의 김치찌개가 최고라고 부추겼다.

"근데 독서실은 이제 안 가니? 아무래도 공부하기가 집이 나은 모양이지?"

"응, 도무지 적응이 안 돼. 너무 조용한 데다 시원하기보다 추웠어. 역시 나는 약간의 소음이 있어야 공부가 되나 봐."

"나중에 출출하면 팥떡 먹어. 이사 왔다고 떡을 돌리더라. 아직 떡을 돌리는 사람들이 있긴 하나 봐."

게임방의 영업이 잘되라고 떡을 돌리나 보지? 그러자 나는 며칠 전에 보았던 남자가 떠올랐다. 출판사 사장이라고 내 멋대로 단정 지었던, 그 남자. 그는 여기로 이사 왔을 때 떡을 안 돌렸을까, 갑자기 그게 궁금해졌다.

"엄마, 전에 있었던 출판사, 거긴 이사 왔을 때 떡을 안 돌렸어?"

"출판사? 글쎄, 우리가 들어오기 전에부터 있었으니까 잘 모르겠다. 근데 넌 그게 왜 궁금하니?"

엄마는 정말 알 수 없다는 얼굴을 하고 물었다.

"후후, 그러게. 망하고 나갔다니까 혹시 떡을 안 돌려서 그런 게 아닌가, 하고."

"너도 참, 아무리 떡을 안 돌렸다고 망했겠냐? 잘 팔리지 않는 시집이나 찍으니까 문을 닫았지."

시인이라는 그 남자는 어떤 시들을 썼을까? 시집이 잘 팔리는 세상은 언제 올까? 이런 생각들을 하느라 나는 잠시 음식의 맛을 잊고 숟가락만 움직였다.

"애, 애……. 정신 차려. 밥 먹다가 뭔 생각을 갑자기 그렇게 하냐?"

엄마는 내 밥 위에 생선 살을 올려주면서 말했다.

"시집 같은 게 잘 팔릴 수도 있어? 어떤 경우에 그럴까?"

"왜, 시를 써볼 생각이냐? 아서라, 그러다가 시인 된다고 나설라. 글쎄, 시집이 잘 팔리려면 특별히 사람들의 시선을 끄는 독특한 개성이 있어야 하겠지. 그리고 무엇보다 시집을 사볼 만한 정신적이고 물질적인 여유가 일반 사람들에게 생겨야 할 것 같아.

그 방면에 대해 내가 잘 모르긴 하지만……."

엄마 말대로라면 시집을 사는 데도 여유가 필요하단 말이지? 그런 여유를 누릴 수 있는 사회라면 정신적인 수준이나 문화적인 수준도 물론 높을 거고. 결국 그 출판사 사장이 망한 이유는 수준 높지 않은 사회 때문이란 말인가? 사실 그것까지는 잘 모르겠다. 어쨌든 실패하고 돌아서는, 중년의 나이에 접어든 시인과 낡은 잿빛 건물이 이 도심의 이면에 숨겨진 또 하나의 상징처럼 여겨져 입맛이 개운치 않다. 이런 내 기분을 알 리 없는 엄마는 옆에서 반찬을 올려주면서 말했다.

"좀 팍팍 먹어. 그래야 힘이 나지. 밥심으로 산다고 하잖아? 공부도 체력이 따라줘야 하는 거야."

## 아빠가 우리를 아직 사랑한다고?

학원들은 당분간 휴강한다고 했다. 시험이 눈앞에 닥쳐왔기 때문에 진도를 더 이상 낼 수 없어서였다. 학교마다 필요한 내신 준비만 해준다는 학원들이 있긴 했지만 가지 않아도 되었다. 앞으로 적어도 보름 이상은 학원을 쉰다는 생각에 수업을 마치고 나오는 내 발걸음도 가벼웠다. 그런데 학원 문 앞에서 누군가 내 등을 쳤다.

"안녕?"

지운이었다. '놀랍게도 스스로 먼저 와서 등까지 치며 인사하다니, 전혀 얼굴도 붉히지 않고. 이제 많이 늘었네. 그런다고 누가 반가워할 줄 알고?' 저번 일이 떠올라 속으로 이렇게 생각했지만 내 입은 전혀 엉뚱한 소리를 냈다.

"지운이구나. 잘 지냈어?"

"응, 시험이 언제부터야?"

"다음 주부터야."

지운은 고개를 끄덕이며 자기네 학교와 같다고 했다. 나는 서점에 들러 문제집을 사야 했기 때문에, 더 이상 지운과 함께 있을 여유가 없었다.

"잘 가. 나는 서점에 들러야 해."

돌아서서 가려는 내게 지운이 말했다.

"같이 가. 나도 문제집 사야 해."

"오늘은 엄마가 안 데리러 오시니?"

지운 엄마가 자기 오빠 사진을 내밀며 우리 엄마를 중매하겠다고 나섰던 일을 떠올리며 나는 물었다. 만약 그 일을 지운이 안다면 어떤 얼굴을 할까, 새삼 궁금해졌다. 그런데 뜻밖에도 지운의 입에서 술술 이야기가 풀려나왔다.

"응, 오늘 바쁜 일이 있대. 요즘 우리 엄마, 바쁘셔. 혼자되신 우리 외삼촌 중매하느라. 오늘은 맞선을 보이시기로 했다나 봐."

그렇구나, 우리 엄마도 그 대상 중 하나에 해당할 뻔했구나. 결국 나는 참지 못하고 그 일을 지운에게 말하고 말았다.

"우리 엄마한테도 중매하시겠다고, 네 외삼촌 사진까지 들고 오셨더라."

지운은 걸음을 멈추고 나를 바라보았다.

"네 엄마한테까지? 하여튼 우리 엄만……. 정말 못 살아. 미안해. 내가 대신 사과할게. 기분 많이 나빴지?"

"뭐, 그냥. 일단 문제집부터 사자."

서점 앞에 서서 더 이상 이야기할 수 없어서 나는 이렇게 말하고는 안으로 들어갔다. 아무런 말 없이 지운도 따라 들어왔다. '기말고사 대비 총정리'란 표제를 단 문제집만 해도 수십 종이었다. 대충 넘겨봐선지 다 그게 그거였다. 나는 꽤 알려진 출판사에서 나온 문제집을 두 권 샀다. 그 애는 미리 적어 온 쪽지를 들여다보며 서점 안을 이리저리 둘러보며 찾느라 시간이 걸렸다. 마침내 문제집 세 권을 손에 쥐고는 계산대 앞으로 갔다. 우리는 각자 돈을 낸 후 서점을 나왔다.

"넌 지하철 타고 갈 거지? 잘 가."

손을 흔드는 내게 지운은 급한 용무가 있는 듯 말했다.

"송화야, 잠깐만. 바쁘니?"

"그런 건 아니고…… 왜?"

'저번처럼 또 사과하겠다고? 그런 다음, 골칫거리를 해결한 것처럼 속 시원한 얼굴로 급하게 일어서려고? 굳이 그럴 것 없잖아. 지금 너도나도 다 바쁜 시기인데.' 이런 생각들을 머릿속으로 하며 나는 뜨악한 얼굴로 그 애를 올려다보았다.

"할 말이 있어. 정 바쁘면 저기 벤치에 잠깐 앉았다가 가면 안될까?"

지운은 버스 정류장 앞에 있는 벤치를 가리키며 말했다. 그 애에게서 간절함이 느껴졌기 때문일까? 어쩔 수 없이 나는 고개를 끄덕이며 벤치에 앉았다.

"왜? 또 네 엄마 일, 사과하려고? 그럴 것 없어. 혼자 있는 우리 엄마를 위해 중매 서주신다는 건 생각하기에 따라 고마울 수도 있는 일인데, 뭐. 네가 너무 과민 반응을 하는 거, 아냐?"

"어쨌든 네가 그렇게 생각해 주니 고맙고 다행스러워. 하지만 난 우리 엄마가 그러시는 거, 너무 싫어. 네 아빠한테 죄스러워서……."

내 몸에서 짜릿한 전율이 흐르고 지나갔다. 아빠라니. 얘는 우리 아빠에 대해 뭔가 알고 하는 소린가? 우리 아빠가 실재적이고 구체적인 인물이 되어 다른 사람의 입에 오르는 것을 난생처음 들어보는 순간이었다. 무슨 말을 어떻게 해야 우리 아빠에 관한 이야기가 계속될 수 있을까?

"우리 아빠한테 죄스럽다니? 우린 같이 살고 있지도 않잖아."

나는 아빠에 대해 아무것도 모른다는 사실을 숨기고 혹시 저쪽에서 어떻게 반응할지를 살피기로 했다.

"그렇긴 하지만……. 같이 살고 있지 않다고 해서 너나 네 엄마를 사랑하시지 않는 게 아니잖아."

도대체 얘가 우리 아빠에 대해 알고 하는 소리야, 모르고 하는 소리야? 나는 지운의 눈을 빤히 들여다보며 물었다.

"그걸 네가 어떻게 아니? 우리 아빠 속을 들여다본 것도 아니고?"

"네 아빠를 몇 번 뵌 적이 있어서 그래."

"뭐라고?"

비명처럼 튀어나온 내 목소리에 스스로 놀라며 나는 다음 말을 잇지 못했다.

"이런 말, 해도 되는지 모르겠어. 몇 년 전에 너희 집 앞에서 네 엄마랑 이야기하시는 걸 본 적이 있거든. 그리고 그 후에도 몇 번인가 집 앞 골목에서 서성거리시는 걸 봤어. 왜 그런지 내 가슴이 싸아 해지면서…… 안 됐다, 하는 생각이 들었어."

지운은 엄마를 따라다니던 몇 명의 남자 중 한 명을 우리 아빠라고 생각한 게 아닐까? 그리고 혼자 가슴 아파하고……. 지운이면 그럴 수 있다는 생각이 들었다.

"우리 아빠라는 걸 어떻게 알았는데? 참고로 말하면, 우리 엄마 따라다니던 남자들이 꽤 있었어. 그런 남자 중의 한 명을 우리 아빠라고 네가 안 게 아닐까?"

"내가 아무리…… 그런 구분을 못 할 것 같아? 우리 송화 만나게 해달라고 네 엄마 붙잡고 통사정하시더라. 미나야, 사랑해. 아직도 사랑한다고 하시면서……. 나까지 눈물이 나려고 했어. 네 엄만, 식구들이나 동네 사람들 보면 어떡하려고 이러냐면서 막 뿌리치시더라. 우리 집 대문 뒤에 숨어서 나는 밖에도 못 나가고."

지운이 자기 집 대문 뒤에 숨어서 우리 아빠를 지켜보고 있었을 때 나는 어디서, 무엇을 하고 있었을까? 나를 만나게 해달라고 사정하셨다는 아빠. 그는 어떤 사람일까? 그동안 궁금하긴 했지만 덮어두기로 했던 아빠에 대한 것들이 갑자기 견딜 수 없을 정도로 나를 충동질하며 질문을 퍼붓게 했다.

"어떻게 생기셨어? 키는 커? 나이는? 나랑 얼굴이 비슷하신 것 같았어? 마지막으로 본 적이 언제야? 아니, 첨 봤을 때가 몇 년 전이야? 우리 엄마랑 사이는 어떤 것 같았어?"

내 질문이 끝날 때까지 지운은 입을 다물고 있다가 말했다.

"널 위해 몰래 핸드폰으로 사진이라도 찍어뒀어야 했는데……. 아빠를 한 번도 뵌 적이 없는 모양이구나?"

지운은 동정심이 가득한 목소리로 말했다. 뭐라고 말하다 보면 목이 멜 것 같아 나는 고개만 끄덕였다.

"혹시 내가 괜한 말을 꺼낸 건 아닌가, 모르겠다. 네 아빠를 넌 많이 닮았어. 키는 좀 자그마하시고 체격이 아주 다부지게 보였어. 글쎄, 나이? 나도 그때 초등학교 3학년인가, 4학년인가, 그쯤 됐을 때라 얼굴만 보고 어른 나이를 제대로 짐작할 수 없었을 거야. 그래도 우리 아빠보담 훨씬 많아 보이셨던 것 같아."

"솔직하게 말하자면, 난 그동안 우리 아빠 이야기를 단 한 번도 들어본 적이 없었어. 너한테 지금 첨 듣는 거야. 때론 어떤 분인가 궁금하기도 했지만 될수록 생각을 안 하기로 했어. 그래야

176

만, 그래야만…… 살아갈 수 있었으니까."

이젠 지운 앞에서 자존심이고 뭐고 필요 없었다. 나는 처음으로 내 솔직한 심정을 털어놓았다. 어릴 적부터 알아 왔던 관계는 이래서 편한 건지도 모르겠다는 생각이 들었다.

"그래, 이해해. 아빠에 대해 네가 잘 모른다고 해서 그걸 부끄러워하거나 자존심 상해하거나 하지 않았으면 좋겠다. 그냥 사정상 함께 살 수 없을뿐더러 만나기 힘든 관계라고 생각하면 훨씬 네 마음이 편하지 않겠니? 이 점만은 확실한 것 같았어. 네 아빠는 네 엄마랑 너를 아주 사랑하고 있으시다는 것. 그것만은 어린 내가 봐도 한눈에 느낄 수 있었어. 그러면 되지 않겠니?"

'그런다고 뭐가 되니? 사랑한다는 것만으로 모든 죄가 다 용서될 수 있을 것 같아? 절대로 아니야. 안 겪어본 사람은 몰라. 만날 수도 없고, 함께 살 수도 없고. 아니, 무엇보다 얼굴조차 모르는데…….' 울음이 터져 나올 것 같아 나는 고개를 들 수 없었다.

우리 앞으로 버스가 몇 대나 서서 사람들을 내려놓고 또 실어 가곤 했다. 저렇게 많은 사람 중에 우리 아빠가 끼어 있다고 해도 나는 알아볼 수 없을 거다. 슬픈 현실이 아닐 수 없다. 버스에서 내리고 오르는 사람들을 유심히 바라보다가 나는 자리에서 일어났다.

"가야지? 너도 바쁠 텐데."

지운은 나를 올려다보며 괜찮은지 묻는 눈빛이었다. 나는 고개를 끄덕여 주었다.

"시험 끝나고 우리 맛있는 것 먹으러 가자."

맛있는 것, 그게 얼마간 위로가 될 수도 있겠지. 내 기분을 달래주기 위해 애를 쓰는 지운이 고마웠다. 우리는 전철역 앞에서 시험 잘 보라는 말을 서로 나눈 다음 헤어졌다.

나는 집으로 돌아가면서 지운이 했던 말들을 계속 곱씹었다. 나를 만나게 해달라고 엄마에게 통사정했다는 아빠, 아직도 사랑하고 있다며 엄마에게 매달리는 아빠, 나를 보기 위해 집 골목길에서 서성이는 아빠……. 그는 나를 본 적이 있을까? 혹시 나는 외가의 골목길에서 그를 본 적이 있을까? 약간 늙고 작달막한 몸집을 한 남자를 나는 그려보려고 했다. 하지만 이리저리 형체가 바뀌다가 결국 약사 아저씨의 모습이 되었다. 나는 고개를 저으며 쓴웃음을 지었다.

"또 학원 다녀오는구나?"

약사 아저씨는 그 순간 바로 내 눈앞에 있었다. 나는 깜짝 놀라 눈을 동그랗게 뜨다가 어느새 약국 앞에 왔다는 걸 알아차렸다. 상황을 전혀 알 리 없는 그는 피식 웃고는 한 손을 뒤로 감추며 말했다.

"왜, 또 잔소리하려고? 딱 한 대만 피우려고. 오늘 하루 종일 세 개비밖에 안 피웠어. 요즘 혈압도 오르고, 숨도 많이 차고. 아무래도 끊긴 해야 할 모양이다."

"아저씨, 가족들이 많이 보고 싶으시죠? 근데 만약에 가족들이 같은 서울에 살고 있는데도 맘대로 못 보는 상황이라면 더 많이 슬프시겠지요?"

도대체 내가 무슨 말을 하는 건가? 금연을 하겠다는 말에 이렇게 엉뚱한 소리를 하다니. 그도 무슨 뚱딴지같은 소린가, 하는 표정을 지었다.

"당연히 슬프지. 같은 서울에 사는데도 못 보는 거나, 멀리 있어서 못 보는 거나 결과적으로 마찬가지 아니냐? 그렇지만 같은 서울에 사는데…… 맘대로 못 보다니? 왜, 누가 그렇대?"

그는 갑자기 심각한 얼굴로 나를 바라보면서 물었다. 나는 고개를 저었다.

"그냥 그런 경우를 생각해 본 거예요. 어쨌든 담배는 빨리 끊으셔야 해요."

"너답지 않게 싱겁긴……. 참, 채송화는 잘 자라냐?"

그럼요, 하고 내가 대답하는데 약국에 손님이 찾아왔다. 약국으로 뛰어 들어가는 그의 등을 나는 물끄러미 바라보았다. 나를 만나지 못하고 쓸쓸하게 돌아가는 우리 아빠의 등이 눈앞에 떠올랐다. 왜소하고 약간 굽은 등. 그 등에 한 번이라도 업힐 수 있었더라면, 그것은 잊히지 않는 기억으로 남아 햇살처럼 늘 따스하고 환하게 나를 비춰줬을 텐데. 나는 우리 가게 쪽으로 발걸음을 옮겼다. 아빠는 우리가 여기로 거처를 옮긴 것을 알까? 혹시 그새 다녀간 적은 없을까? 갑자기 이런 것들이 너무나 궁금해지기 시작했다. 나는 가게 문을 밀고 들어서서는 테이블에 앉은 남자 손님들부터 유심히 살펴보았다. 하지만 나와 비슷하게 생긴, 초로의 남자는 찾을 수 없었다.

"왜, 여기 누가 오기로 했어?"

엄마는 내 행동이 수상쩍다고 여겼는지 테이블 쪽과 나를 번갈아 보며 물었다.

"아니, 혹시 나를 닮은 사람이 없나, 그냥 살펴본 거야."

"널 닮은 사람? 도대체 그게 무슨 소리냐?"

분명 심상찮은 일이 생겼다는 걸 눈치챈 듯한 엄마의 얼굴에서 긴장과 불안의 빛이 일순 서렸다. 하지만 좀 전 지운에게서 들은 말들을 옮길 상황이 아니었다. 나는 고개를 저으며 일부러 장난스럽게 말했다.

"내 얼굴이 워낙 평범하게 생긴 탓인지 누굴 닮았다는 소리를 하도 해 쌓기에⋯⋯. 혹시 나와 비슷한 사람들이 정말 있나 궁금해서 그냥 한번 살펴본 거야."

"얘가, 싱겁긴. 닮긴 누굴 닮았다고, 참. 어서 안으로 들어가."

엄마는 굳은 표정을 풀고 나를 향해 웃으면서 가볍게 눈을 흘겼다. 안으로 들어가자 나는 제일 먼저 화분부터 살폈다. 채송화들은 저녁 빛 속에서 하루의 일과를 마쳤다는 듯 꽃잎을 오므리고 있었다. 나도 이 꽃들처럼 해가 지면 눈을 감고 무조건 쉬고

180

싶다. 나는 일단 침대에 누웠다. 그러자 자신도 모르게 놀라고 긴
장했던 몸의 세포들이 일제히 비명을 지르며 욱신대기 시작했다.
그 욱신거리는 느낌으로 육신은 자신의 존재를 내게 알렸다. 육
신이 있게 해준 사람, 나를 세상에 태어나게 한 사람. 그 사람은
지금 어디서 무엇을 하고 있을까? 미지근한 눈물이 눈가를 타고
베갯잇에 흘러내렸다. 참았던 설움과 그리움과 외로움이 북받쳐
올랐다.

"어머나, 열이 나네. 송화야, 송화야, 눈 좀 떠 봐."

다급한 엄마의 목소리와 함께 엄마의 얼굴이 흐릿하게 보였다.

"어, 엄마……."

"송화야, 정신이 드니? 안 되겠다. 약 사올게. 아무래도 감기
랑 몸살이 겹친 것 같다."

문 닫는 소리가 들리자, 내 눈은 또다시 감겼다. 몸을 흔드는
손길에 나는 설핏 눈을 떴다. 엄마가 물컵과 약을 내밀었다. 나는
겨우 몸을 일으켜 물을 마시고 약을 삼켰다. 엄마는 홑이불을 하
나 더 꺼내 덮어주고는 가게로 나갔다. 약 기운이 온몸에 서서히
번지기 시작했다.

눈을 뜨자 어느새 아침이 와 있었다. 엄마는 아침을 준비하다
내가 내는 기척 소리를 듣고 침대 앞으로 다가왔다. 엄마의 손이
내 이마를 짚었다.

"이제 열이 다 내린 것 같네. 송화야, 좀 어떤 것 같니?"

"괜찮아. 어디 먼 여행에서 돌아온 것 같아."

정말 나는 먼 여행에서 돌아온 것 같은 기분이 되어 방 안 여기저기를 훑어보았다. 늘 보던 그대로의 방 안 풍경인데, 왠지 조금 낯선 느낌이 들었다. 마치 기차역에서 내려 집으로 돌아가는 기분으로 나는 침대에서 일어났다. 시간표를 보고 가방을 챙기면서 일상으로 완전히 돌아왔다는 걸 깨달았다. 그러자 지난밤에 시험공부를 전혀 하지 못했던 데 대한 걱정과 불안이 겨우 열이 가신 내 몸을 흔들었다.

"어떻게 해? 공부를 하나도 못 했으니⋯⋯."

"할 수 없지, 뭐. 그래도 빨리 나았으니 얼마나 다행이냐. 오늘부터 열심히 하면 돼."

지난밤에 내가 정말 많이 아프긴 했나 보다. 공부를 안 했다는데 엄마가 다 위로하다니. 정말 사건이 아닐 수 없었다. 엄마가 끓여놓은 죽을 먹고 약을 삼킨 다음 나는 집을 나왔다.

"송화야, 괜찮냐? 힘들면 하루쯤 학교는 쉬지 그래?"

약사 아저씨가 나를 보고 약국 밖으로 나왔다. 엄마가 약을 사러 갔기 때문에 내가 아픈 줄 알고 있는 모양이었다.

"네, 이제 다 나았어요."

"그래, 다행이다. 그래도 무리는 하지 말고. 잘 다녀와라."

네, 하는 내 대답에 맞춰 플루토가 야옹 소리를 냈다. 나는 플루토의 등을 한 번 쓰다듬어 준 후 학교로 갔다.

교실 뒤편의 게시판에는 각 과목의 수행평가 결과가 붙어 있었다. 그걸 보기 위해 몰려든 아이들의 뒤통수가 나무에 닥지닥지 매달린 열매처럼 보였다. 그 사이를 헤집고 들어갈 엄두가 나지 않아 나는 아이들이 물러나기를 기다렸다.

"아니, 멀쩡하게 과제물을 다 해서 냈는데 왜 사 점이나 깎았냐고? 존나 짜증 나."

"껑다리, 완전히 돌았어. 아님, 더위 먹었나? 제 입으로 칭찬해 놓고 찰흙 공작을 어떻게 삼 점이나 깎았대? 열라 재수 없어"

애들은 제각각 결과가 안 좋은 과목의 점수에 대해서만 찧고 까불었다. 그 중엔 틀림없이 예상했던 것보다 좋은 결과가 나온 과목들도 있으련만. 나도 결과가 어떤지 무척 궁금했지만, 애들이 게시판에서 다 사라지기를 기다렸다. 마침내 남은 한 아이마저 게시판에서 물러나자, 나는 긴장된 걸음으로 게시판 앞으로 다가갔다. 와, 전 과목을 다 합해도 내가 수행평가에서 깎인 점수는 불과 3점이었다. 모든 과목에서 내가 거의 최고점을 받은 것이었다. 다물어지지 않는 입을 억지로 다물고 표정 관리를 하면서 내 자리로 돌아오는데, 담임이 조례하기 위해 교실로 들어왔다. 그녀의 셔링 스커트가 가볍게 흔들리면서 교단으로 올라가는 것을 보고는 나는 자리에 앉았다. 그녀는 내게 뭐라고 한마디 하려다가 눈이 마주치자 입을 다물었다. 그러다 잠시 시간을 둔 후, 전달 사항을 말하기 시작했다.

"등하교 시간에 자가용 이용은 금지라는 걸 꼭 부모님께 말씀드려. 그리고 보훈의 달을 맞아 쓰기로 했던 작문은 모레까지 제출하고. 어쨌든 시험공부들 열심히 해."

담임은 또다시 스커트 자락을 한들한들 흔들며 교실 밖으로 나갔다. 그녀의 한들거리는 스커트 자락이 시험공부에 지친 아이들의 사나워진 심사를 건드린다는 걸 본인은 알까? 짜증과 지겨움 때문에 폭발할 것 같은 심정인데, 그녀의 스커트 자락이 약을 올리듯 한들거리는 걸 보면 어느 순간 나도 모르게 달려가서 찢어버리게 될까 봐 두려워진다.


수업을 마치고 집으로 돌아가려는데 지운에게서 문자 메시지가 왔다.

- 힘내, 아자! 글구 시험 잘 봐^^

지운이 괜찮은 애라는 생각이 다시 들면서 마음 쓸쓸이에 고마움이 느껴졌다. 나도 당장 답을 보냈다.

- 염려 마, 너도 시험 잘 봐. 끝나면 내가 한 턱 쏠게.

옆에 있던 서경이 끼어들었다.

"애, 지금 너, 누구랑 문자 주고받는 거야?"

"으응, 그런 애가 있어."

나는 왠지 밝히기가 쑥스러워졌다.

"비밀이란 말이지?"

그러면서 서경이 내 팔을 꼬집었다.

"아야야, 누구긴…… 지운이야."

"아, 전에 그 애? 근데 왜 갑자기 비밀이래? 수상하네."

서경답지 않게 제법 날카로운 눈빛으로 나를 탐색하듯 얼굴을 들여다보았다.

"그냥 한 번 그래 본 거지, 뭐. 수상하긴 뭐가?"

"저번에 시큰둥하더니 어째 문자 메시지까지 주고받는 사이가 된 거야?"

나는 서경의 등을 한 대 치고는 장난스럽게 말했다.

"메시지 주고받는 게, 뭐 꼭 특별한 사이에서만 하냐? 그냥 심심풀이로 하는 거지. 근데 윤서경, 너야말로 좀 이상해졌다? 아주 예민해진 게……. 요즘 스티븐 박사랑은 잘돼가?"

내가 무심코 한 말에 서경의 표정이 잠시 흐려졌다. 그러더니 곧 서경은 침통한 어조로 말했다.

"끝났어. 우리 엄마한테 들켜서……. 운 나쁘게도 내가 샤워하는 사이에 울린 휴대폰을 우리 엄마가 받을 게 뭐야."

"스티븐 전화였어? 난리가 났겠네."

안 봐도 비디오였다. 서경 엄마가 얼마나 야단을 부렸을지, 충분히 상상할 수 있었다.

"그렇지 뭐, 난리도 아니었어. 걔도 우리 엄마가 끔찍하게 생각됐나 봐. 나, 앞으로 우리 엄마 때문에 연애는 물론이고 결혼도 제대로 못 할 것 같아. 내 앞날이 걱정스러워."

진심으로 서경은 자신의 앞날이 걱정스럽다는 얼굴이었다. 그러고 보니 요 며칠 사이에 서경의 얼굴이 어두웠던 것 같다.

"그랬구나. 네가 말을 안 하니 몰랐어. 이제 넌 특별 관리 차원으로 들어갔겠다? 엄청 힘들겠구나. 어떡하니?"

"이번 시험을 특별히 잘 봐야 좀 나아질 것 같아. 근데 뭔 수로 잘 보겠냐? 컨디션이 매일매일 꽝인데. 아예 빨리 캠프나 갔으면 좋겠어. 설마 우리 엄마가 미국까지 따라와서 간섭하진 않을 거니까."

서경의 사정이 딱하다는 걸 알긴 했지만 배부른 투정이라고 여겨지는 구석도 없는 게 아니었다. 적당한 말을 찾지 못해 내가 입을 열지 못하자 그새 약간 기운을 회복한 듯 서경이 말했다.

"맞아. 길어야 이십 일이야. 그때까지만 견뎌내면 되겠지? 할 수 있어. 그 정도는……."

약간 고무된 서경에게 내가 할 수 있는 것은 고개를 끄덕여 주며 맞장구를 쳐주는 일밖에 없었다. 갈림길에서 나는 서경에게 불끈 쥔 주먹을 보이며 한마디 해주었다.

"힘내, 아자!"

해놓고 보니, 좀 전 지운이 내게 한 말이었다. 우리는 서로에게 위로하고 위로받고, 그렇게 살아가게 되어 있는 모양이다. 나는 지운이 내게 했던 위로의 말을 떠올려 보았다. '네 아빠는 네 엄마랑 너를 아직도 사랑하고 있다는 것, 그것만은 어린 내가 봐도 한눈에 느낄 수 있었어. 그러면 되지 않겠니?' 그 말은 앞으로도 내게 오래오래 위로가 되어줄 것이다. 나는 집으로 돌아가는 내내 나이가 좀 들었어도 체격이 다부진 남자 중에서 나와 비슷하게 생긴 사람을 찾느라 끊임없이 주위를 살폈다. 그런 사람이 내 눈에 쉽게 들어올 리 없었다. 하지만 언젠가 내 눈앞을 꽉 채우며 나타날 때가 분명히 오리라고 나는 믿는다.

# 아저씨의 죽음

 머리가 깨어질 듯 아프기 시작했다. 나는 엄마에게 말하지 않
고 약국으로 달려갔다. 약사 아저씨가 소파에서 잠이 들어 있었
다. 그 옆에 앉은 플루토도 졸리는지 눈을 깜빡거렸다. 그들의 잠
을 방해할까 봐 나는 두통을 지그시 참으며 맞은편 소파에 살그
머니 앉았다. 잠든 그의 얼굴은 평소보다 더 늙고 고단해 보였
다. 꿈속에서도 그는 편안하지 않은지 얼굴을 자주 찡그렸다. 그
럴 때마다 이마에 자리 잡은 주름이 더욱 깊게 패곤 했다. 그의
가족들이 돌아오면 저 주름이 펴질 수 있을까? 그의 고생과 무관
하게 유럽 여행을 다니고 있을, 그의 가족들. 그들이 돌아온다고
해서 그가 온전하게 편안하지만은 않을 것 같다는 생각이 들어
그가 더욱 딱하게 느껴졌다. 하지만 지금 더 다급하게 느껴지는
것은 아픈 내 머릿속이다. 적군들이 뾰족한 창을 들고 침입해 와

서 이리저리 마구 머리 안을 쑤셔대는 것 같았다. 아무래도 그를 깨워야 할 것 같다는 생각이 드는 순간, 나보다 먼저 그를 깨우는 사람이 있었다.

"저, 소화제랑 진통제 주세요."

높고 큰 목소리에 나도 모르게 움찔 놀랐다. 이십 대로 보이는 아가씨였다. 아저씨도 금방 잠에서 깨어나 벌떡 일어났다. 그러곤 거의 무의식적으로 진열대 앞으로 가는 것처럼 보였다. 그는 약을 내밀고 돈을 받을 때야 정신이 나는지 나를 보고는 씩 웃었다.

"넌 언제 왔냐? 아무것도 모르고 한잠이 들었나 보네."

"그러게요. 너무 곤하게 주무셔서 깨울 수가 없어요. 아저씨, 머리가 지금 너무 아픈데 약 좀 주세요."

나는 관자놀이 부근을 손가락 끝으로 누르며 말했다.

"진작 깨우지. 아무래도 네가 시험이 가까워지니까 스트레스를 많이 받나 보다. 될수록 맘을 편하게 먹으려고 해봐라. 일단 이 약을 먹고, 시험이 끝난 후에도 계속 그렇다면 병원에 가서 검사를 받아봐야겠다. 뭐, 특별한 이상이야 없겠지만 그래도 검사를 받아보는 게 안심이 되지."

그는 내게 약을 내밀고는 갑자기 가슴 쪽을 움켜쥐면서 주저앉았다.

"아저씨, 아저씨! 왜 그러세요? 가슴이 아프세요?"

다급해진 목소리로 그를 부르다가 엄마에게 알릴까, 아니면 구급차를 부르는 게 나을까, 하는 생각을 했다. 하지만 어떻게 해야 좋을지 몰라 발만 구르고 있는데, 다행스럽게도 그가 일어섰다. 새파랗게 질린 입술에서 조금씩 핏기가 돌면서 그는 이마에 맺힌 땀을 손등으로 닦아냈다. 마치 저승을 가다가 돌아온 사람 같았다.

"괜…… 찮아요?"

"으응, 이제 괜찮다. 많이 놀랐지? 갑자기 가슴이 조이면서 아픈 게……."

"아저씨야말로 빨리 병원 가서 검사받아야겠어요. 오늘이라도 당장 가세요. 약국 문 닫으시고. 네?"

그가 고개를 끄덕였지만 미적거리다가 병원을 안 갈 것 같아 나는 다시 한번 다짐을 받았다.

"아저씨 꼭이에요, 꼭. 아셨죠?"

"알았다니깐. 약은 먹었니?"

아참, 그제야 나는 약국에 설치된 정수기에서 물을 받아 알약을 삼켰다. 그러고 보니 두통이 이미 다 사라진 것 같았다. 아저씨 말대로 스트레스성 두통인 모양이다. 나는 약국을 나오다가 그가 여전히 걱정스러워 뒤를 돌아보았다. 그는 일상의 모든 것을 다 놓아버린 얼굴로 멍하니 서 있었다. 그의 눈은 마치 깜깜한 우물 속처럼 깊고 어두워 보였다. 그런 그를 흔들어 깨울 작정으로 나는 휘파람을 불었다. 휘이익, 울리는 내 휘파람 소리에 그가 화들짝 놀라는 듯했다. 내가 그를 향해 한 번 웃어주자 그는 내게 손을 흔들어 보였다. 우리는 마치 긴 이별을 앞둔 사람처럼 작별 인사를 했다.

약국을 나오자 그제야 온몸에 긴장이 풀리면서 힘이 다 빠져 버리는 듯했다. 나는 후들거리는 다리로 몇 걸음 걷다가 하늘을 우러렀다. 짙은 잿빛 구름이 온 힘을 다해 하늘을 누르고 있었다. 하늘은 구름의 무게를 감당하지 못해 금방이라도 내려앉을 듯했다. 바늘로 쿡 찌르면 주르르 비가 쏟아져 내릴 것 같은 하늘처럼 누가 나를 툭 건드리기만 해도 폭삭 주저앉을 것 같다.

"얘, 어디 몸이 또 아픈 거냐? 얼굴이 왜 그 모양이야?"

카운터 앞에 앉아 있던 엄마는 나를 보자 벌떡 일어나면서 말했다.

"두통이 나서 약국에 갔는데……."

"두통? 시험 끝나면 아무래도 병원에 가봐야겠다."

엄마는 약사 아저씨와 똑같은 소리를 하면서 내 얼굴을 걱정스럽게 들여다보았다.

"아니, 괜찮아. 두통은 이제 말끔히 나았어. 근데 아저씨 땜에 너무 놀라서 그래."

"왜, 약사 양반이?"

"갑자기 가슴을 움켜잡고 거의 쓰러지실 뻔했어. 입술은 새파랗게 질리고. 얼마나 무서웠는지 몰라. 약국에 손님은 아무도 없는데…… 엄마한테 뛰어와서 알리려다가 잠시라도 혼자 둘 수가 없었어. 그러다 다행히 금방 괜찮아지시더라."

엄마는 잠시 무슨 생각에 잠기는 듯하더니 걱정스러운 목소리로 말했다.

"심근경색증인가, 협심증인가? 심장에 무슨 문제가 있는 것 같은데. 저렇게 혼자 있다가 무슨 일이라도 당하면 어쩌누? 정말 걱정이다. 하기야 본인이 약사니까 건강을 알아서 챙기기야 하겠지만…… 나 같으면, 다 팔아치우고 캐나다로 들어가든가 아니면 아예 가족들을 다 불러들이든가 하겠다. 저게 뭐니? 사는 게 사는 거라고 할 수 있겠냐? 나중에 무슨 영광을 보겠다고, 참."

나도 엄마의 말에 전적으로 동의했다. 아저씨의 건강을 걱정하던 엄마는 금방 내 건강으로 화제를 바꾸었다.

"넌 정말 괜찮은 거니? 혼자서 어린 게 얼마나 놀랐을까? 지나가는 사람이라도 부르지 그랬어? 놀란 데 먹는 약을 먹어야겠다."

"엄만, 참. 무슨 그런 약을 다 먹어? 잠시 놀랐을 뿐이데. 들어가서 공부할게."

나는 안으로 들어갔다. 책상 앞에 앉았지만 머리가 멍해져 공부할 엄두조차 나지 않았다. 하는 수 없이 게임을 잠시 하기로 했다. 한 십 분 정도만 하고 나면 머리 회전이 될 것이다. 습관적으로 '틀린 그림 찾기' 사이트에 들어갔다. 하지만 나는 틀린 그림을 찾는 데조차 집중할 수가 없었다. 틀린 그림을 찾아 클릭할 때마다 약사 아저씨가 갑자기 총알을 맞은 것처럼 가슴을 움켜쥐고 주저앉던 모습이 자꾸만 떠올랐다. 나는 하는 수 없이 컴퓨터를 끄고 말았다.

책상 위 메모판에 붙은 시험 시간표가 자꾸만 내 시선을 끌었다. 조금이라도 공부를 소홀히 하면 가만두지 않겠다고 엄포를 놓는 듯했다. 나는 깊은 물속으로 뛰어드는 심정으로 책을 붙잡고 공부를 시작했다. 어느새 나는 공부에 몰두하면서 좀 전 약국에서의 일을, 아저씨를 점차 잊기 시작했다.

"송화야, 괜찮니? 머리 아픈 건 좀 어때?"

엄마는 간식을 챙겨와서 나를 들여다보았다.

"괜찮아."

나는 짧게 대꾸하고는 계속 공부에 전념했다. 내일부터 나흘간 계속되는 시험이 마치 치러야 할, 나흘간의 전쟁처럼 여겨졌다. 승자가 되기 위해서는 필사적인 노력이 필요했다. 나는 한 손에 빵을 들고서도 책을 들여다보았다. 그동안 시험 준비를 너무 허술하게 했다는 자책이 뒤늦게야 들어서 나는 한시도 책에서 눈을 뗄 수가 없었다.

알람 시계가 곤하게 든 잠을 깨웠다. 새벽 5시. 모른 체 하고 눈을 감고 있으려니 꼭 깨워야겠다는 듯이 시계는 계속 울렸다.

할 수 없이 나는 눈을 비비며 겨우 자리에서 일어났다. 아직 어둠이 가시지 않은 창밖에서는 벌써 하루를 시작하는 사람들의 발걸음 소리가 들려왔다. 두어 시간 가까이 더 공부하다가 갈 수 있다고 생각하며 나는 욕실에 들어가 찬물을 끼얹었다. 졸음이 저만치 달아나는 대신 긴장과 불안이 찾아왔다.

엄마가 끓이는 된장국 냄새가 진동했다. 그 냄새에 내 마음은 조금씩 편안해졌다. 엄마는 내 등을 두드리며 말했다.

"우리 딸, 잘 다녀와라. 긴장되면 심호흡하는 것 잊지 말고."

시험 잘 보란 소리를 엄마는 수백 번도 더 하고 싶겠지만 그걸 참고 이렇게만 말하려니 얼마나 답답할까? 내게 부담을 줄까 염려하는, 엄마의 마음. 그 마음을 다 아는 나는 엄마에게 씩 웃어 주었다. 엄마도 나를 향해 빙긋 웃었다.

집을 나와서 약국 앞을 지나다가 문이 닫힌 걸 발견하고는 나는 잠시 발을 멈추었다. 뭔가 이상한 느낌이 나를 사로잡았다. 내가 학교 갈 때쯤이면 아저씨는 언제나 문을 열어 놓고 있었다. 휴일에도 빠짐없이 아침 일찍 문을 열었었다. 그런데 웬일일까? 아직 늦잠을 주무시고 있는 걸까, 아니면 내가 말한 대로 병원에 일찌감치 가신 걸까? 당장 병원으로 뛰어가실 것 같지는 않았는데……. 어쨌든 지금 당장 내가 알 수 있는 문제는 아니었다. 그리고 무엇보다도 골똘히 생각할 여유가 내게 없었다. 또다시 내 머릿속은 오로지 시험에 관한 생각들로 꽉 채워졌다.

교실에서는 아이들이 조용하게 공부하고 있었다. 담임선생님은 여전히 공주처럼 예쁘게 차려입고는 교실로 들어와 말했다.

"매일 오늘 아침처럼 이렇게 한다면야 얼마나 좋겠어? 시험 치는 날이 맞긴 한 모양이네. 다들 시험 잘 봐. 부정행위는 우리 반의 명예를 걸고 없을 줄 안다."

담임의 말을 귀담아듣는 사람은 아무도 없는 것 같았다. 다들 책이나 노트, 프린트된 시험지를 들여다보느라 여념이 없었다. 진작 이렇게들 좀 하지, 하는 말이 나올 법도 하다고 생각하며 나는 교실을 둘러보았다. 마침내 시작을 알리는 종이 울렸다.

세 시간 동안 네 과목의 시험을 쳤다. 칠판에 붙은 정답지를 보고 채점을 하는 아이들, 복도를 뛰어다니는 아이들, 둘러앉아 이야기를 나누는 아이들……. 교실은 아침의 분위기와 정반대로 시끌시끌한 시골 장터 같았다. 담임은 잠시 들어와 청소하고 가라는, 한 마디로 종례를 끝냈다. 청소 당번 아이들조차 청소를 제대로 하지 않고 집으로 돌아갔다. 아마 주번이 남아서 청소며, 마지막 정리를 해야 할 것이다. 시험 기간에 주번이 아닌 게 얼마나 다행인가, 하는 생각을 새삼스럽게 하며 나는 교실을 나왔다.

"영어 듣기를 완전 망쳤어. 그 여잔 왜 콧소릴 내냐? 도무지 알아들을 수가 있어야지. 그러다 남자가 하는 말까지 놓쳤지 뭐야."

영어 하나는 늘 자신 있어 하던, 서경이 내 옆에서 씩씩거리며

화를 냈다. 나는 비록 다 맞혔지만, 옆에서 장단을 맞추지 않을
수 없었다.

"그러게. 너만 알아듣기 힘들었겠냐? 다 마찬가질 거야."

"우리 엄마한테 죽었다. 아직도 장장 사흘이나 남았는데…….
벌써 너무 지겨워서 돌아버리겠다."

"그래도 사흘이 지나면 해방이잖아. 희망을 갖자. 아자!"

나는 서경에게 주먹을 쥐어 보이고는 갈림길에서 헤어졌다.
그러다 나는 아침에 약국 문이 닫혔던 걸 떠올리고는 빠르게 걷
기 시작했다. '제발 문이 활짝 열려 있기를, 평소처럼 아저씨가
약을 팔거나 아니면 담배라도 피우고 있기를…….' 이렇게 속으
로 빌다가 나중엔 조급한 마음이 들어 달리다시피 해서 약국 앞
으로 갔다. 아니나 다를까, 약국 문은 내 바람을 모른 체하고 여
전히 닫혀 있었다. 나는 자신도 모르게 주먹을 쥐고 문을 두드
렸다.

"아저씨, 아저씨! 플루토, 플루토, 대답을 해봐!"

플루토의 울음소리가 희미하게 들리는 듯했다. 내 착각인가?
다시 문에 귀를 대니 아무런 소리가 나지 않았다. 나는 우리 가게
로 달려갔다.

"엄마, 엄마! 저……."

"왜, 무슨……. 시험을 잘 못 봤어?"

나를 바라보는 엄마의 낯빛이 순간 싹 변했다. 맞아, 시험을

치고 왔구나. 내가 순간 그것마저 깜빡 잊었다는 생각이 들었다.

"그게 아니고. 약국 말이야. 왜 문이 닫혔어? 아저씨가 어디 가신 거야?"

"하이고. 참. 호들갑스럽긴. 죽을상하고 들어오기에 시험 망친 줄 알았네. 약국 문이야 약사 양반이 알아서 문을 열고 닫고 하는 거지, 네가 나서서 왜? 참 오지랖도 넓다."

엄마는 내가 시험만 안 망쳤으면, 이 순간 하늘이 무너져 내려도 눈 하나 깜짝 안 할 것이다.

"그깟 시험이 문제가 아니잖아. 아저씨가 언제 문 닫은 적이 있었느냐고. 저번에 인천 집에 간다고 딱 한 번 휴일에 닫았을 뿐이잖아."

"그야 또 다른 일이 있을 수도 있는 거지. 아니면, 병원에 갔을 수도 있고. 약사 양반이 미리 네게 말하고 약국 문을 열고 닫았냐? 별 데 신경을 다 쓰네. 참. 어쨌든 오늘 건 다 잘 본 거지? 잠시 쉬었다가 점심 먹고 또 공부해야지. 약국 문에 네가 신경 쓸 것 없다. 알았냐?"

나는 엄마의 말에 아예 대꾸도 하지 않았다. 자기 일 아니라고 어떻게 저럴 수가 있느냐고, 평소 엄마답지 않게. 나는 불만스럽게 문을 꽝 소리 내어 닫고 안으로 들어갔다. 그런 다음, 교복을 벗어 던지고 침대에 대자로 누웠다. 그제야 피곤함이 온몸에 몰려왔다. 저절로 두 눈이 감겼다. 얼마나 시간이 지났을까? 코 고는 소리에 스스로 놀라 벌떡 일어났다. 엄마는 식탁 위에 점심을 차리고 있었다.

"일어났냐? 곤하게 자더라. 머리가 좀 개운해졌니? 점심부터 먹고……."

다음 말은 뻔하기에 엄마는 일부러 하지 않는 듯했다. 내가 좋아하는 비빔국수와 계란국으로 점심을 먹고 나는 책상 앞에 앉았다. 볼펜을 쥐고 시험과목 시간표에다 오늘 치른 과목들을 X표로 지울 때의 쾌감이란 이루 말할 수 없다. 저걸 다 지우고 나면 뭘 하고 놀지, 이런 생각들을 하는데 또다시 닫힌 약국 문이 떠올랐다. 입원하신 걸까, 아니면 갑자기 급한 일이라도 생긴 걸까? 어쨌든 엄마 말대로 문 닫는다고 미리 내게 알리기까지야 하지 않았을 거다. 나는 불안한 마음을 잠시 접어두기로 하고 또다시 시험공부를 시작했다.

다음 날 아침, 나는 학교 가면서 약국 문이 여전히 닫힌 걸 확인하고는 또다시 불길한 예감에 사로잡혔다. 만약 급한 볼일이 있다거나 입원한다고 해도 언제부터 언제까지 휴업이라는 안내문은 붙여놓아야 하지 않을까? 정말 이상한 일이었다. 학교에서도 자꾸만 닫힌 약국 문이 눈앞에 아른거려 시험 치는 중간에 몇 번씩이나 심호흡하며 마음을 안정시켜야 했다. 결국 수학에서 계산을 잘못해 하나가 틀리고 말았다. 나는 집으로 돌아가는 도중, 자신도 모르게 신에게 기도했다.

"제가 틀린 수학 문제 하나로 아저씨의 불행을 막아 주십시오. 제발 아저씨의 신변에 아무런 이상이 없게 해주십시오. 앞으로도 더 틀린 문제가 필요하다면, 기꺼이 틀려 드리겠습니다."

참으로 어처구니없고 황당한 기도였다. 내가 시험문제를 많이 틀리면 틀릴수록 아저씨가 안전하다고 믿다니. 어떻게 이런 허무맹랑한 발상을 할 수 있을까? 나는 한숨을 쉬고는 우리 가게로 갔다. 엄마는 역시 내 얼굴부터 먼저 살폈다.

"수학에서 계산을 잘못해 하나 나갔어."

"어쩌다가 그런 실수를 했냐? 침착하게 문제를 풀지 않고."

더 이상 잔소리를 했다가는 다음날 시험에 영향이 있을 거라는 판단을 했는지 엄마는 중간에서 입을 다물었다.

"엄마, 약국에 아무런 일 없어?"

"애는, 지금 네가 약국 문 닫은 데 신경 쓸 정신이 어딨냐? 그러느라 계산도 틀린 거 아닌지 모르겠다. 언제 계산 잘못해 틀린 적이 있었냐고. 다른 과목도 아니고 중요한 수학에서 나가다니, 정말 기가 막히네."

결국 엄마는 참았던 말들을 뾰족한 음성으로 쏟아내고 말았다. 그러자 내 머릿속도 짜증이 치밀어 오르면서 속이 부글거렸다. 잘못했다가는 남은 이틀 동안의 시험을 완전히 망칠지도 몰랐다. 나는 입을 꾹 다물고는 안으로 들어갔다. 엄마가 차려준 점심도 먹는 둥 마는 둥 하고 책상 앞에 앉았다. 혹시 '틀린 그림 찾기' 사이트에 들어와 있을까? 그렇다면 안심인데……. 나는 엄마에게 들킬세라 삼시 문을 걸어 잠그고 컴퓨터를 켰다. 시험 기간에 게임을 하는 줄 알면 한바탕 난리가 날 것이다. 역시 기러기라는 닉네임은 올라오지 않았다. 컴퓨터를 끄고, 걸었던 문의 자물쇠를 풀면서 내 손가락에서는 힘이 다 빠져나가 버린 듯했다. 책상 앞에 앉아서 나는 스스로 위로하기 위해 중얼거렸다.

'당연하지. 약국 문까지 걸어 잠글 정도로 큰일이 생긴 사람이 어떻게 컴퓨터 게임을 하겠어? 남은 이틀 동안은 절대로 아저씨 걱정하지 말기. 아저씨의 신변에 아무런 이상이 없으니까 안심하자. 다시 아저씨를 만날 때 내가 얼마나 걱정했는가, 웃으면서 이야기할 수 있을 거야.'

나는 창가에 둔 화분을 쓰다듬으며 활짝 핀 채송화들과 인사를 나눴다.

'안녕? 여전히 예쁘구나. 햇빛을 듬뿍 받고 물도 많이 먹어서 나중에 탄탄한 씨를 맺어 줘. 또 볼 수 있게. 아참, 아저씨도 안녕하시겠지?'

어쩔 수 없는 모양이다. 방금 다짐을 했으면서도 또 아저씨의 안부를 궁금해하니. 나는 머리를 흔들면서 다음날 시험 칠 과목의 책을 폈다. 오늘 틀린 수학 한 문제는 치명적인 결과를 초래할 수도 있다. 자꾸만 정신을 다른 데 팔다간 또 다른 과목에서 어이없는 실수를 하게 될지 모른다. 나는 정신을 집중하려 무진장 애를 썼다.

학교를 오갈 때 나는 약국 쪽을 보지 않으려 애쓰면서 빠른 걸음으로 지나다녔다. 하지만 여전히 문이 닫혀 있다는 걸 나는 감으로도 충분히 알아차렸다. 시험이 끝나는 날 약국 문도 활짝 열려 있을 거라는, 아무런 근거 없는 기대를 하며 나는 시험에만 신경을 쓰려고 노력했다.

다음날이면 시험이 끝난다는 생각에 나는 졸음을 참으면서 밤늦게 책상 앞에 앉아 있었다. 어느 순간, 플루토의 울음소리가 들려오는 듯했다. 처음엔 희미하게 들리다가 점점 더 크게 들렸다. 나는 자신도 모르게 책상 앞에서 벌떡 일어났다. 엄마를 깨울까, 하다가 틀림없이 혼날 것 같아 나는 살금살금 가게로 나갔다. 막상 가게로 나오니 혼자 힘으로 셔터를 올릴 엄두가 나지 않았다. 밖으로 나가지도 못하고 이런저런 생각을 하다 보니 머릿속만 혼란해졌다. 정말 플루토가 내는 소리일까, 아니면 지나다니는 도둑고양이가 우는 소리일까? 만약 플루토의 소리라면 분명 아저씨의 신변에 이상이 있을 것이다. 며칠씩 약국을 비우면서 플루토를 혼자 내버려 두고 갔을 리 없지 않은가? 그렇다면 플루토는 며칠 동안 왜 조용하게 있었던 걸까? 아니, 아니, 아저씨가 플루토를 데리고 좀 전에 돌아왔을 것이다. 그래야만 모든 상황이 맞아떨어지는 것이다. 내일 아침, 학교 가는 길에 약국 문을 활짝 열고 나를 향해 손을 흔들어 주는 아저씨를 틀림없이 보게 될 것이다. 마침 시험도 끝날 것이고. 내일이면 무거운 짐들을 다 놓게 되겠지? 이런 기대를 하며 나는 안으로 들어가 자리에 누웠다.

"밤중에 웬 고양이가 그렇게 울어대는지, 원. 잠을 제대로 못 자서 머리가 다 지끈지끈하네."

엄마는 약간 푸석한 얼굴로 일어나서 말했다. 그 순간 나도 화들짝 놀란 듯 자리에서 일어났다.

"엄마, 플루토 소리가 아닐까?"

"플루토? 약국 고양이? 글쎄, 며칠씩이나 비우면서 왜 고양이를 그냥 두고 갔을까?"

그제야 엄마의 얼굴이 근심으로 어두워졌다.

"그리고 보니 약국 문 닫기 전날 밤에 우리 가게에 들렀었지. 그때 어디 며칠 가 있을 예정이면 한마디 말이라도 했을 법한데……. 갑자기 가게 됐더라도 플루토를 우리 가게에 맡겨놓았어야지? 정말 이상하네."

"그러셨어? 와서 특별히 하신 말씀은 없고?"

순간 기분 나쁜 예감이 휙 지나가면서 온몸이 싸늘해지는 느낌이었다.

"가게 세 문제로……. 월세를 없애는 걸 고려해 보겠다고 하시더라고. 그러면 도로 살던 아파트에 들어갈 수 있느냐면서. 하도 의외라, 자세한 건 며칠 후에 다시 이야기하자고 하시데."

"왜 그런 말을 나한테 안 했어?"

"아직 확실히 정해진 것도 아니고, 시험 기간이라서. 그리고 월세 없애는 대신 다른 어떤 제안을 할지도 모르잖아. 어쨌든 시세를 어느 정도는 감안을 해서 정할 것 아냐. 말은 그렇게 하더라. 송화가 좀 더 밝고 안락한 환경에서 공부할 수 있도록 돕고 싶다고. 물론 엄청나게 고마운 일이지만 너무 의외라서. 도무지 믿어지지 않더라니깐."

눈물이 와락 쏟아질 것 같아서 나는 뭐라고 입을 열 수 없었다.

"어서 아침 먹고 학교 가야지? 이따가 이 위에 있는 입주자들이랑 의논을 한번 해봐야겠다. 이렇게 가만히 있을 문제는 아닌 것 같네. 제발 아무런 일이 없어야 할 텐데."

하지만 엄마의 태도는 분명 무슨 문제가 있을 거라고 확신하는 듯 여겨졌다. 나는 아침을 거의 먹지 못하고 집을 나섰다. 여전히 약국 문은 굳게 잠겨 있었다. 온 힘을 다해 문을 두드리고 싶은 욕구를 꾹 참고 학교로 갔다. 아저씨의 생각이 떠오를 때마다 나는 아랫입술을 사리물고 시험문제를 푸는 데 집중하려 애썼다. 한 문제, 한 문제……. 마치 적들을 하나씩 물리쳐 나가는 기분으로 시험을 쳤다.

"아아, 드디어 해방!"

"우와, 만세!"

교실 안은 아이들의 환호성과 열기로 폭발해 버릴 것 같은 분위기였다. 아이들은 노래방 팀과 영화관 팀으로 나누느라 한바탕

법석을 떨었다.

"송화야, 우린 어느 쪽으로 할까?"

서경은 가방을 챙겨 들고 내 자리로 와서 물었다.

"글쎄, 난 아직 잘 모르겠어. 어떻게 해야 할지…….."

"무슨 그런 말이 다 있어? 둘 중에 그냥 하나 정하면 되잖아.
아님, 영화도 보고 노래방도 가고. 둘 다 할 수도 있잖아. 근데
너, 기분이 별로니?"

서경은 내 얼굴을 유심히 들여다보며 물었다.

"으응. 일단 집에 가 보고. 내가 전화할게."

"무슨 말이 그래? 기분 안 나게. 왜 그래? 뭔 일이 있냐고?"

"뭔 일이 있는지 없는지 아직 몰라서 그래. 미안해. 전화할게.
잘 가."

점점 더 알쏭달쏭해진다는 얼굴로 바라보는 서경을 떼어내고
나는 서둘러 집을 향해 갔다. 며칠 전, 새파랗게 질린 입술로 가
슴을 움켜쥐고 통증을 호소하던 아저씨의 얼굴이 금방이라도 내
숨통을 틀어막을 듯이 떠올랐다. 나는 거의 미칠 것 같은 기분이
되어 뛰다시피 해서 약국 쪽으로 갔다.

반쯤 문이 열린 약국과 그 앞에 모인 사람들. 그 광경을 본 나
는 그 자리에서 한동안 꼼짝도 할 수 없었다.

"벌써 며칠째 됐대. 어찌 그렇게 다들 몰랐을까?"

"며칠 굶었는지 고양이도 시름시름 다 죽어가더래."

"병원 영안실로 옮겨간 거야?"

"약사라면서 심장병이 있는 걸 몰랐을까?"

"쯧쯧, 정말 안 됐네. 기러기아빠는 할 게 못 된다니깐. 그래, 가족들은?"

어디서 나타났는지 엄마가 등 뒤에서 내 어깨를 감쌌다. 나는 엄마의 품에 와락 안겨 울음을 쏟아냈다. 내 울음소리 사이로 엄마가 띄엄띄엄 중얼거리는 소리가 났다.

"진작…… 네 말을 들을걸. 옆에 있으면서도…… 너무 무심했구나. 큰 죄를…… 큰 죄를 진 기분이야. 어떻게 해야…….."

나는 엄마에게 거의 안기다시피 해서 집으로 갔다. 엄마는 나를 침대에 눕혀 놓고는 그 옆에 퍼더버리고 앉았다.

"영안실은 노래방 아저씨랑 게임방 아저씨가 지키고 있어. 사람을 불러 셔터를 여는데, 소파 옆에서……. 얼마나 놀랐는지……. 그 옆에 플루토도 거의 죽은 듯이 엎드려 있더라. 플루토 울음소리를 위에서는 간간이 들었대. 그래도 남의 일이라 대수롭지 않게 생각들 한 모양이야. 좀만 더 관심을 가졌더라도, 우선 나부터……. 뭐라고 변명할 말도 없네. 가족들한테는 경찰이 연락을 취해 보는 모양이더라. 네가 밝고 안락한 환경에서 공부하도록 돕고 싶다는 말이 가슴에 계속 걸려서……. 더 미칠 것 같아."

울먹거리며 길게 사설을 늘어놓는 엄마의 목소리가 점점 희미해졌다. 그 목소리 대신 햇빛이 찰랑찰랑 소리를 내며 사방으로 부서진다. 그러자 햇빛이 가닿는 곳에 벽이 서고, 문이 달리고, 천장이 생겨 근사한 공간이 된다. 여기가 어디더라? 둘러보는 내 뒤에서 말소리가 들려온다.

'햇빛으로 만든 집이야. 아저씨가 송화에게 하는, 마지막 선물이다. 이제 여기서 잘 지내라. 밝음을 제대로 알기 위해서는 어둠이 필요한 거지. 그래서 거기 잠시 네가 머물렀던 거야. 어둠과 밝음이 하나라는 걸 네가 알게 됐으니 이젠 잊어버려도 돼. 그리고 이 아저씨도 그만 잊어버리렴.'

나는 놀라 뒤를 돌아본다. 아저씨는 보이지 않고 그의 흰 가운이 빛을 내며 반짝이고 있다. 나는 그 가운이나마 잡으려고 안간힘을 쓰지만 그것은 눈 부신 빛이 되어 형체도 없이 사라지고 만다. 내 손에는 한 움큼의 빛들이 남아 찰랑거린다.

"아, 아저씨!"

"송화야, 정신 차려!"

엄마의 크고 다급한 목소리에 놀라 나는 눈을 떴다. 온몸이 땀으로 젖어 있었다.

"이러다가 병나겠다. 약사, 그 양반이 널 참 많이 예뻐하셨지. 딸 생각이 나서 더 그러시는 것 같더니만……. 그 딸도 못 보고, 혼자서 목숨 줄을 놓을 때 그 심정이 오죽했겠냐. 살고 죽는 게 다 하늘에 달려 있다지만 정말 무심하기도 하시지."

엄마는 손등으로 눈물을 훔치다가 누가 문을 두드려서 가게로 나갔다. 나는 창가로 가서 화분을 들어 올렸다. 꽃들은 그새 시들기 시작했다. 안타까운 심정으로 그것들을 쓰다듬어 보지만 소생할 기미가 보이지 않았다. 이제 씨앗을 받아놓고 다음 해에 꽃을 볼 기대를 해야겠지. 하지만 다음 해가 되어도 아저씨를 만날 수 있는 기대는 할 수 없다. 다시 눈물이 아른거리기 시작했다.

"송화야, 오늘 밤에 문상가야겠다. 내일 아침, 발인이란다. 노래방 아저씨가 방금 다녀가셨어. 가족들이 곧 도착할 예정인가 보더라. 가게는 오늘 쉬어야겠네."

엄마는 아무런 의욕이 없는 얼굴로 한쪽 구석에 자리 잡고 앉았다. 나도 엄마 옆에 앉았다. 재작년에 할아버지 상을 당했을 때를 엄마도, 나도 동시에 떠올리고 있었다. 엄마는 한숨을 내쉬면서 말했다.

"사는 게 뭔지, 참. 아등바등 살 필요가 없는 걸 뻔히 알면서도……."

휴일도 없이 매일 일하던 아저씨가 누르스름한 가운을 흔들면서 우리 앞에 나타나 그렇다고 고개를 끄덕일 것 같았다. 아, 아저씨! 나는 낮은 목소리로 불러보려다가 목이 메어 입을 열 수 없었다.

엄마와 나는 검은색 옷을 꺼내 입고 문상 갈 채비를 했다. 그 사이 서경에게서 몇 번이나 문자 메시지와 전화가 왔지만 나는 내버려 두었다. 집을 나서다가 그제야 플루토 생각이 났다.

"근데 참, 플루토는 어디 갔어?"

"그러게. 아무 소리도 나지 않고. 누가 데리고 갔나? 그런 것 같지도 않던데……. 이상하네."

나는 사방을 두리번거리며 플루토가 있을 만한 곳을 찾아봤지만 역시 보이지 않았다. 플루토는 아저씨의 영혼과 함께 이제 지상을 떠나고 만 걸까? 아, 플루토! 어쩌자고 나는 그 어린 고양이에게 '저승의 신'이라는, 무시무시한 이름을 붙였던 걸까? 정말 너무나 후회스러웠다.

엄마와 나는 택시를 타고 병원의 영안실을 찾아갔다. 입구에 마련된 안내판을 들여다보다가 고故최길환이라고 쓰인 걸 발견했다. 약 봉투에 인쇄된, 약사 최길환에 익숙해진 내 눈은 고故자를 단 그의 이름이 너무 생소하게 느껴져 그 자리에 가만히 서 있기만 했다. 그러자 엄마가 내 옆구리를 찌르며 말했다.

"들어가 봐야지? 엄마 하는 대로 따라서 해."

영안실로 들어가니 그는 영정사진 속에서 빙그레 웃는 얼굴로 엄마와 나를 맞았다. 나는 속으로 부르짖었다. '아저씨, 이러실 수가 있어요? 제가 뭐랬어요. 병원 가서 검사받으시라고…….

담배 끊으시라고…….' 뜨거운 울음이 목구멍에서 치밀어 올라왔다. 그러자 은은한 향내와 함께 나를 달래는 듯한 아저씨의 음성이 나지막하게 들려왔다.

'그래, 미안하다. 네 말 안 들은 거, 정말 미안하다.'

미안하다고 나를 달래는 그에게 흰 꽃을 올리고 절을 했다. 검정 상복을 입은 사람들이 눈에 띄긴 했어도 그의 아내와 자식들은 아닌 것 같았다. 그들은 아직 도착하지 못한 모양이었다. 엄마와 나는 영안실을 나와 집으로 돌아올 때까지 아무런 말을 하지 않았다. 목까지 차오르는 슬픔 때문에 말할 수도, 음식을 삼킬 수도 없었다. 마치 묵언하는 수행자처럼 나는 입을 다물고 있었다.

요란하게 쏟아지는 빗소리에 잠이 깼다. 텔레비전 뉴스에서는 그동안 가뭄으로 힘들었던 중부지방에 마침내 비가 내리면서 장마가 시작되었다는 소식을 전했다. 이승을 떠나면서 아저씨가 흘리는 눈물이 비가 되어 쏟아지는 걸까? 이런 생각들을 하면서 나는 창밖을 바라보았다.

"이 빗속에서 약사 양반이 떠나시겠구나. 생전처럼 외로울까 봐, 비가 동무해 주려나 보다. 엄만 발인하는 데 가봐야겠다."

엄마는 서둘러 준비해서 나와 나란히 집을 나왔다. 까짓 학교, 빼먹고 가면 좋겠지만 한사코 엄마가 말릴 게 뻔할 거고, 그러다 결국 한바탕 엄마랑 다툴지도 몰랐다. 그건 결코 약사 아저씨가 원하는 바가 아니라고 생각해 나는 잠자코 있었다.

기말고사가 끝난 학교는 콘서트가 끝난 공연장 같았다. 채점한 답안지를 확인하고는 대부분 시간을 거의 잡담이나 영상 보기로 때우다시피 했다.

"넌 어제 어떻게 된 거냐? 지구 밖으로 사라진 줄 알았다. 영영 못 보는 줄 알았다니까."

서경은 달려와 내 팔을 흔들며 마치 다른 세상에 다녀온 사람 취급을 했다.

"미안, 미안. 넌 어제 애들이랑 재미있게 보냈니?"

"네가 빠졌는데 뭔 재미? 근데 왜 그렇게 연락이 안 된 거야? 들어보고 별로 큰일 아니면 삐질 거야. 손가락에서 불나는 줄 알 았다. 네게 연락하느라……."

나는 침을 한 번 삼키고는 크게 숨을 쉬었다. 별로 내키지 않 았지만 나는 어쩔 수 없어서 입을 열었다.

"누가 돌아가셨어. 문상가느라……."

"누구? 친척?"

친척보다 더 가까운 사람. 이렇게 말하려다 나는 그냥 고개를 끄덕였다. 눈물이 주르르 흘러내릴 것 같아 나는 하늘을 올려다 보았다. 우산 밖으로 보이는 하늘에서는 굵은 빗줄기가 끊임없이 쏟아져 내렸다. 이 빗속에서 아저씨는 떠나시겠지.

빗줄기가 점점 더 세어져 그 속으로 온 세상이 다 떠내려갈 것 같다. 그의 가슴에 남은 고통, 외로움, 원망, 쓸쓸함이 이 빗속에 다 씻겨 내려가길, 부디 말갛게 된 가슴으로 이승을 떠나길, 그리 하여 때때로 내가 그를 떠올릴 때면 온화한 슬픔으로 빛나는 얼굴이 되어 나를 찾아주길. 나는 비 내리는 하늘을 올려다보며 그렇게 기도했다.

"그 딸은 아빠, 아빠, 하면서 목 놓아 울고 노모는 완전히 넋이 나가버렸고. 정말 옆에서 보는 사람도 애간장이 녹는 것 같더라. 좋은 데 갔을 거다, 천성이 착한 사람이라. 너한테 마음 쓰는 것 하나만 봐도 알 수가 있잖아?"

엄마는 비에 젖은 검은색 옷을 벗으면서 말했다. 엄마의 젖은 옷에서는 향냄새가 엷게 났다. 그가 떠나면서 남긴 향내일 것이다. 나는 그 옷에 얼굴을 파묻었다. 내 눈물로 엄마의 옷은 더 축축해졌다.

# 이사

장마가 끝나고 쨍쨍한 햇볕이 쏟아지는 한여름이 시작되었다. 환한 빛 속에서 낡은 건물의 벽들은 균열을 더 이상 감추지 못하고 여기저기 드러냈다. 그건 마치 치열한 전투를 오랫동안 치르고 온몸이 부상당한 상이군인처럼 내게 느껴졌다. 건물의 흉한 모습이 싫어서일까, 경제성이 없다고 판단한 걸까, 아니면 아저씨에 대한 기억을 지우고 싶어서일까? 여하튼 무슨 이유에서인지 약사 아저씨의 유가족들은 장례를 치른 후, 곧바로 이 건물을 팔아치웠다. 나이가 육십 대쯤 되어 보이는, 새 건물주는 건물 전체를 리모델링 할 거라는 공고문을 출입문 위에 붙여 놓았다. 전직 공무원답게 깐깐하다는 엄마의 말을 안 들었더라도 그는 한눈에 그렇게 보였다. 짧게 깎은 머리와 까무잡잡한 피부와 군살이라고는 없이 바싹 마른 몸. 약사 아저씨와 대조적인 모습에 저절로 내 고개가 돌아갔다. 엄마는 가겟세를 많이 올릴 거라는 걱정부터 했다.

샌드위치 가게는 잠시 문을 닫아야 했고, 가게에 딸린 살림집도 어디로 옮겨야 했다. 엄마는 이런 일들을 처리할 엄두가 나지 않는다고 며칠 전부터 입버릇처럼 말했다.

"약사 양반이 그렇게 가시지만 않았어도……."

아저씨의 죽음으로 엄마는 원하지 않는 이사를 해야 할 뿐 아니라 우리가 살던 아파트로 다시 들어갈 수 있는, 절호의 기회를 놓치게 된 걸 아쉬워하는 눈치였다. 현실적일 수밖에 없는 엄마를 이해할 수도 있겠지만 어쩐지 나는 참기가 힘들었다.

"엄마는 아저씨가 돌아가셔서 애석한 게 아니라 우리가 아파트로 못 들어가게 된 것만 애석한가 봐."

"뭐라고? 아무리 내가……. 아파트에 못 들어가는 것 때문에만 이러겠어? 약사 양반이 가운 입은 채로 우리 가게에 들어설 것 같아 하루에도 몇 번씩이나 눈이 가는데……. 혼자 그렇게 떠난 걸 생각한다면 그 가족들은 앞으로 어떻게 살지 모르겠다. 사는 게 뭔지, 참."

억울하다는 듯, 그렇게 대답하고 엄마는 멍한 눈빛으로 출입문에 시선을 주었다. 그러자 마침 그 문으로 난데없이 삼촌이 들어섰다.

"네가 웬일이냐? 연락도 없이?"

"안녕하세요?"

삼촌은 내 인사에 고개를 끄덕이고는 엄마 앞에 앉았다.

"급하게 의논할 일이 있어서. 지금 시간 괜찮지?"

서두르는 삼촌의 태도와 달리 엄마는 귀찮은 얼굴로 뜸을 들이듯 말했다.

"왜 또 엄마랑 뭔 일이 있었냐?"

"아니, 그 문제가 아니고. 내가 삼 년 동안 해외 지사로 나가게 됐어. 그래서 하는 말인데……."

엄마와 나는 동시에 삼촌의 얼굴을 바라보았다. 그러자 그는 우리 모녀를 향해 피식 웃었다. 항상 고부간의 문제만 안고 여기 올 줄 알았느냐는 듯한 얼굴이었다.

"해외면 어디?"

여전히 엄마는 별로 실감이 안 가는 듯한 말투였다.

"싱가포르. 한 삼 년쯤 예상하고 있어. 집사람도 당연히 같이 갈 거고."

"싱가포르? 그럼 엄만?"

구체적인 지명을 듣고 나서야 엄마는 현실적인 문제로 받아들여지는 모양이었다.

"당연히 따라가시지 않지. 그래서 하는 말인데, 아무래도 누나가 집으로 들어와야겠어. 출국 날짜가 다음 달 중순으로 벌써 잡혔거든."

이럴 때 좋아해야 하는지, 말아야 하는지 도무지 나는 제대로 판단할 수 없다. 뭐라고 선뜻 대답 못하는 엄마의 태도가 삼촌에게는 불만의 뜻으로 받아들여지는지 그는 빠르게 이말 저말 늘어놓기 시작했다.

"생활비를 내가 보낼게. 누나가 굳이 힘들게 가게 할 필요 없이 말이야. 한의원에서 나오는 세도 있잖아. 그걸로 엄마 용돈 드리고, 남는 거로는 적금이라도 부어. 송화한테도 그편이 나을 거고. 학교는 전철 한 번 타면 가니까 전학할 필요도 없을 거고."

삼촌은 이렇게 늘어놓아야만 엄마가 받아들일 줄 아는 모양이었다. 아무런 조건이 없다 하더라도 지금의 상황에서는 엄마가 마다할 이유가 전혀 없지 않은가? 언제 어떻게 속을 긁을지 모를, 할머니는 이제 나에게만 해당하는 골칫거리일 것이다.

"어쨌든 엄마 혼자 계시게 할 수는 없으니까. 다음 달 중순? 얼마 남은 것도 아니네. 준비하느라 많이 바쁘겠다? 엄만 아시니?"

엄마는 삼촌이 내세우는 조건 때문이 아니라 오로지 할머니를 혼자 둘 수 없는 이유로 집으로 들어가는 것처럼 말했다. 그편이 훨씬 모양새가 낫긴 했다.

"아니, 일단 누나랑 이야기한 다음에. 어쩌면 엄마가 더 좋아하실지 몰라, 허허."

삼촌의 웃음소리는 할머니가 좋아하게 돼서라기보다 자신이 더 좋아서 웃는 소리로 들렸다. 그걸 생각하니 나까지 웃음이 났다.

"송화야, 좋지? 이 삼촌 자주 못 보는 게 쬐끔 아쉽긴 하겠지만……."

삼촌의 오해에 나는 어쩔 수 없이 고개를 끄덕였다. 그러자 그는 흐뭇한 얼굴로 자리에서 일어났다.

"엄청 바쁘거든. 처리해 놓아야 할 일들이 생각보다 이리저리 많더라고. 그만 가 볼게."

이 일도 삼촌에게는 처리해야 할 일 중 하나였을 것이다. 아니, 가장 중요한 문제였을지도 모른다. 속 시원하게 해결하고 나가는 외삼촌의 뒷모습은 양어깨에 날개라도 단 것처럼 보였다. 리모델링이니, 가게 이전이니, 이사니, 골치 아픈 문제들을 외삼촌 앞에서는 한 마디도 꺼내놓지 않던 엄마는 삼촌이 나가고 나자 드러내놓고 기뻐했다.

"이제 걱정거리가 없어졌네. 어차피 집으로 들어가야 하니까……. 어쩌면 시기를 이렇게 딱 맞추었을까? 돌아가신 네 할아버지가 도와주시나 보다."

모처럼 밝아진 엄마의 얼굴에 또다시 슬픔의 빛이 엷게 어리려고 했다. 나는 그걸 재빨리 막기 위해 물었다.

"그럼 우린 언제 이사 가는 거야?"

"다음 달 중순쯤으로 맞추면 되지. 아무래도 권리금까지는 챙기기 힘들 거야. 그렇지, 그건 욕심이야. 가게를 접으면 뭘 할까도 천천히 생각해 봐야겠다. 집으로 들어가면 여기보다는 생활하기가 훨씬 수월해질 거야, 그치?"

엄마의 말에 동조한다는 듯, 나는 웃었다. 엄마는 어느새 벽에 걸린 달력 앞으로 가 있었다. 달력을 넘겨서 들여다보는 엄마의 눈이 새로운 희망과 기대로 빛났다. 나도 거기에 맞추기로 결심했다. 이제 늙고 힘 빠진 할머니를 상대하기가 조금 쉬울 것이다. 나는 그때보다 더 자랐고 힘이 세어졌으니까. 할머니도 내게 예전처럼 하지는 못할 것이다. 우리가 살던 아파트로 들어가는 것은 아무래도 삼 년 뒤로 미루어야 하나 보다. 해외 근무를 끝내고 삼촌이 돌아올 때, 그때쯤이면 우리 아파트로 돌아갈 수 있으리라. 돌아가서는 햇살이 골고루 비치는 실내를 돌아보며 삼 년 전과 달라진 것은 훌쩍 자란 나뿐이라고 벅차오르는 가슴을 진정시키며 중얼거릴 것이다. 그런 다음, 나는 베란다로 나가서는 밖으로 고개를 내밀고 말하겠지?

'봐요, 해님. 약속한 대로 도로 만나게 됐죠? 반가워요.'

어느 날 '알라딘의 램프' 속에서 지니가 걸어 나와 거기로 찾아오는 것까지 기대해 본다면 너무 지나친 걸까? 하지만 나는 그 기대를 저버릴 수 없다. 지운의 말대로라면, 우리 아빠는 엄마와 나를 여전히 사랑하고 있으니까. 그리고 그 사랑은 영원할 거라고 믿으니까.


설악산으로 재미없는 수련회를 다녀오고, 성적표를 받고 방학했다. 다행히 내 성적은 반에서야 일등 한다는, 우리 엄마가 즐겨 쓰는 어투를 여전히 쓸 수 있게 나왔다.

방학의 중간쯤, 우리는 외가 식구들과 함께 송별회를 겸하는 외식을 했다.

"공항엔 안 나갈래. 몸 건강하게 잘 다녀와라."

"그럼, 나올 거 없어. 누나도 잘 지내. 송화도 잘 지내고 공부 열심히 하고……. 송화야, 할머니를 부탁한다."

삼촌은 내게 한쪽 눈을 찡긋하면서 말했다. 어쩌자고 엄마가 아닌 내게 할머니를 부탁하는 걸까? 떫고 신 과일을 한 입 베문 얼굴을 하는 나보다 먼저 할머니가 나섰다.

"염려 말어. 사실 너보다는 우리 송화가 백배 나아. 암, 암, 그렇고말고."

무슨 근거로 저렇게 말하는 걸까, 믿어지지 않는 눈으로 나는 할머니를 바라보았다. 흰 머리카락이 제법 눈에 띄기 시작하는, 하지만 여전히 빨간색이 주류를 이루는 머리를 흔들며 할머니는 우리 모두를 안심시키려는 듯했다.

"우리 엄마, 이제 손녀한테 아부도 하시네. 어쨌든 다 좋은 현상이라고 믿고 이 몸은 잠시 떠나 있겠습니다."

외가 식구들과는 그렇게 헤어진 다음 날부터 엄마는 이사 준비로 바빴다. 포장이사를 한다지만 왜 이렇게 손이 많이 가는지 모르겠다는 푸념을 해가며 엄마는 가게와 집을 동동거리며 다녔다. 나는 화분부터 챙겼다. 비록 꽃들은 다 지고 없지만 그 자리에 곧 맺게 될 씨앗을 떠올려 보았다. 깨알처럼 작고 까만 씨앗. 그것은 다음 해에 피어날 꽃들과의 약속이리라. 그러고 보면 피어나는 꽃과 지는 꽃은 밝음과 어둠처럼 결국 하나가 아닐까? 그리고 그것들이 기쁨과 슬픔의 형태로 늘 교차해서 우리 곁에 오는 걸까?

이삿짐을 실은 트럭이 천천히 좁은 도로를 빠져나가는 걸 보며 나는 여전히 굳게 셔터를 내린 약국 앞으로 다가갔다.

"아저씨, 이제 저도 여기를 떠나요."

낮은 목소리로 이렇게 말하고 나니 내 눈은 물기를 머금기 시작했다. 결코 누구에게도 눈물을 보일 수는 없었다. 나는 고개를 들어 위를 올려보았다. 곧 허물어질, 낡은 건물의 유리창들이 햇빛에 반짝이며 내게 손바닥을 흔들어 보였다.

"그래, 안녕."

내게 밝음을 제대로 가르쳐준, 어둠 속에서 보낸 지난 시간이여! 너희들도 안녕! 나는 그 모두에게 이별을 고하는 뜻으로 입술을 둥글게 말아 휘파람을 불었다. 그러자 어디선가 내 휘파람 소리에 대답이라도 하듯 고양이의 울음소리가 들렸다.

"플루토, 플루토! 어디 있는 거야?"

사방을 두리번거리는 내 앞에 몸을 드러낸 것은 플루토가 아니라 갈색 점박이 고양이였다. 그 녀석은 나를 빤히 올려보다가 몸을 휙 돌려 주차된 차 뒤쪽으로 사라져 버렸다. 그때 엄마가 남아 있는 입주자들과 인사를 나누고 출입문 밖으로 나왔다.

"송화야, 이제 가자꾸나."

몇 걸음 가다가 문득 나는 뒤를 돌아보았다. 환한 햇살 속에서 누르스름한 가운 자락이 흔들리면서 공중으로 날아올랐다. 나는 걸음을 멈추고 하늘을 올려다보았다. 옷자락은 이미 보이지 않고 엷게 깔린 구름이 눈에 들어왔다. 구름은 부드러운 눈빛으로 나를 조용히 내려다보는 듯했다. 그 자리에서 나는 꼼짝할 수 없었다. 하지만 앞에서 기다리던 차가 경적을 울리며 발걸음을 재촉했다.

"알았어요, 알았어."

큰 소리로 말하면서 엄마는 차를 향해 뛰어갔다. 그러다 생각난 듯 뒤를 돌아보고는 내게 손짓했다.

"얘, 빨리 오라니깐!"

엄마와 나를 태운 차가 큰 거리로 나서자마자 속력을 다해 달리기 시작했다. 지난 몇 개월의 시간이 쏜살같이 저만치 달아났다.

나는 그 속도를 감당할 수가 없어 두 눈을 꼭 감고 만다. 온화하고 감미로운 슬픔이 잔잔히 흔들리며 다가와 나를 감싸 안는다.

# 온화한 슬픔

초판 1쇄 인쇄일 • 2025년 2월 15일
초판 1쇄 발행일 • 2025년 2월 20일

지은이 • 엄현주
펴낸이 • 임성규
펴낸곳 • 문이당

등록 • 1988. 11. 5. 제 1-832호
주소 • 서울특별시 강북구 미아동 126-1
전화 • 928-8741~3(영)  927-4990~2(편)
팩스 • 925-5406

ⓒ 엄현주, 2024

전자우편 munidang88@naver.com

ISBN 978-89-7456-591-6 03810